गोविन्द मिश्र

गोविन्द मिश्र समकालीन कथा-साहित्य में एक ऐसी उपस्थिति हैं जिनकी वरीयताओं में लेखन सर्वोपरि है, जिनकी चिन्ताएँ समकालीन समाज से उठकर 'पृथ्वी पर मनुष्य' के रहने के सन्दर्भ तक जाती हैं और जिनका लेखन-फलक 'लाल पीली ज़मीन' के खुरदरे यथार्थ, 'तुम्हारी रोशनी में' की कोमलता और काव्यात्मकता, 'धीरसमीरे' की भारतीय परम्परा की खोज, 'हुजूर दरबार' और 'पाँच आँगनोंवाला घर' के इतिहास और अतीत के सन्दर्भ में आज के प्रश्नों की पड़ताल–इन्हें एक साथ समेटे हुए है।

उनकी प्रमुख कृतियाँ हैं—*वह अपना चेहरा, उतरती हुई धूप, लाल पीली ज़मीन, हुज़ूर दरबार, तुम्हारी रोशनी में, धीरसमीरे, पाँच आँगनोंवाला घर, फूल...इमारतें और बन्दर, कोहरे में क़ैद रंग, धूल पौधों पर, अरण्यतंत्र, शाम की झिलमिल, ख़िलाफ़त* (उपन्यास); *पगला बाबा, आसमान...कितना नीला, हवाबाज़, मुझे बाहर निकालो, नये सिरे से* आदि (कहानी-संग्रह); *निर्झरिणी* (सम्पूर्ण कहानियाँ दो खंडों में); *धुंध-भरी सुर्ख़ी, दरख़्तों के पार...शाम, झूलती जड़ें, परतों के बीच* (यात्रा-वृत्त); *रंगों की गंध* (समग्र यात्रा-वृत्त दो खंडों में); *धारा के विपरीत* (आत्मकथा); *साहित्य का सन्दर्भ, कथा भूमि, संवाद अनायास, समय और सर्जना, साहित्य, साहित्यकार और प्रेम, सान्निध्य-साहित्यकार* (निबन्ध); *ओ प्रकृति माँ!* (कविता); *मास्टर मनसुखराम, कवि के घर में चोर, आदमी का जानवर* (बाल-साहित्य); *चुनी हुई रचनाएँ* (तीन खंडों में); *गोविन्द मिश्र रचनावली* : संपादक नन्दकिशोर आचार्य (बारह खंडों में)।

उन्हें प्राप्त कई पुरस्कारों/सम्मानों में 'पाँच आँगनोंवाला घर' के लिए 1998 का 'व्यास सम्मान', 2008 में 'साहित्य अकादेमी', 2011 में 'भारत-भारती सम्मान', 2013 का 'सरस्वती सम्मान' विशेष उल्लेखनीय हैं।

सम्पर्क : एच.एक्स. 94, ई-7, अरेरा कॉलोनी, भोपाल-462016

ई-मेल : govindmishra1940@gmail.com

उतरती हुई धूप

गोविन्द मिश्र

राजकमल पेपरबैक्स

पहला पुस्तकालय संस्करण
1971 में प्रकाशित

राजकमल पेपरबैक्स में
पहला संस्करण : 1987
चौथा संस्करण : 2023

राजकमल पेपरबैक्स : उत्कृष्ट साहित्य के जनसुलभ संस्करण

राजकमल प्रकाशन प्रा. लि.
1-बी, नेताजी सुभाष मार्ग, दरियागंज
नई दिल्ली-110 002
द्वारा प्रकाशित

शाखाएँ : अशोक राजपथ, साइंस कॉलेज के सामने, पटना-800 006
पहली मंजिल, दरबारी बिल्डिंग, महात्मा गांधी मार्ग, प्रयागराज-211 001
वेबसाइट : www.rajkamalprakashan.com
ई-मेल : info@rajkamalprakashan.com

बी.के. ऑफसेट
नवीन शाहदरा, दिल्ली-110 032
द्वारा मुद्रित

मूल्य : ₹250

UTARTI HUI DHOOP
Novel by Govind Mishra

ISBN : 978-81-267-0650-1

उतरती हुई धूप

एक

होस्टल पहुँचकर उसने रजिस्टर में नाम लिखा और फिर टहलते हुए मेहँदी की पत्तियों को तोड़ने, मसलने और फेंकने में लग गया।

जब तक रजिस्टर सन्देशा अन्दर ले जाता और वह आती, यह इन्तज़ार इसी तरह करता था।

क्रिसमस की छुट्टियों के बाद उससे कम ही मिला था। पिछली बार ही सोचता था कि अब इम्तहान बाद ही मिलेगा, सीधा। बीच में सिर्फ़ पढ़ाई करेगा...। इधर पढ़ाई अच्छी भी चल निकली थी... जुटा रहा था, क्योंकि पहले दो सत्र उसके साथ घुमाई भी कसकर की थी। बीच-बीच में पढ़ाई का क्रम टूटता दिखता तो सिनेमा वग़ैरह देखकर फिर से ख़ुद को नये सिरे से लगाता रहा था...पढ़ाई, पढ़ाई और पढ़ाई। बीच-बीच में किसी दिन अजीब ख़ालीपन आ घेरा। मन इतना उचाट हो जाता कि कहीं नहीं लगता। पढ़ाई के नाम पर मितली नथुनों तक खींच आती—वह पूरा दिन बस यों ही ख़ाली जाता। यह सोचता कि दिमाग़ भी पेट की तरह है—जितना अन्दर गया है

उसे पर्त-पर्त बिठाएगा और तभी आगे कुछ लेगा...शाम जाकर ही सिलसिला कुछ बँधने के आसार दिखाता था।

पर आज शाम तक वैसा भी कुछ नहीं हुआ। दो दिन पूरे ख़ालीपन में गुज़र गए थे और शाम तक पहुँचते-पहुँचते ख़ालीपन टूटन में बदल गया...माथा बेहद गरम था।

साल के सबसे ख़तरनाक हिस्से से भी तो गुज़र रहा था...ऊपर से पाले की तरह गिरना शुरू होता है यह समय और फिर लगातार गिरता ही चला जाता है जब तक धूप में पूरी चौंध नहीं आ जाती या इम्तहान ख़त्म नहीं हो चुके होते। उधर आम की बौर फूटकर गुच्छों में फूलती है और इधर पढ़ाई का विस्तार तनता है...लड़कियाँ कमबख़्त इसी दौर में सबसे ज़्याद ख़ूबसूरत लगती हैं—रूमानी प्यास की वह तल्खी पानी के घूँट-पर-घूँट, सन्तरे का रस, पपीते के टुकड़ों से बुझाए नहीं बुझती...एक कशमकश लड़की और पढ़ाई के बीच ओर-छोर दौड़ती ही रहती है।

लड़के-लड़कियों के जोड़े कम्पाउंड-भर में बिखरे पड़े थे, थोड़े-थोड़े फ़ासले पर। कालेज की इमारत के बग़ल में एक झुरमुट था—घने पेड़ों के बीच बनाया गया एक खुला चौकोर बरामदा। खम्भों से सटी हुई पट्टियाँ चारों तरफ़ थीं, जिससे अन्दर, बैठनेवाले टिक सकते थे और बाहर से वे आड़ का भी काम करती थीं। वहाँ भी कोई लड़की अपने चहेते को लिये बैठी थी। उस जगह को लेकर लड़कियों में ज़रूर कुछ धर-पकड़ मचती होगी, यों कि वहाँ बैठे हुओं को बाहर से लड़कियाँ रश्क और भुनभुनाहट के बीच की नज़रों से लगातार बींधती रहतीं। उस जगह की कुछ ख़ास सहूलियतें थीं—वहाँ थोड़ा-बहुत वह-कुछ किया जा सकता था जो बाहर नहीं बन सकता था।

इस लिहाज़ से अगर हिन्दी विभाग के पीछे की पगडंडी 'लवलेन' थी तो यह जगह निश्चित ही 'लव कॉटेज' कही जा सकती थी। पहली तो काफ़ी हद तक सिर्फ़ प्रतीकात्मक थी पर यह असल थी...

दिन में झुरमुट की बेंचों पर बैठकर लड़कियाँ चाट खाती थीं, एक साथ झुंड-की-झुंड। बग़ल के कमरे में चाटवाला बैठता था और कालेज ख़त्म होते ही वह चाय के बासी माल का 'स्टाक' कमरे में बन्द कर चला जाता था।

वह आती दिखी।

उतनी दूर से उसे देखते हुए इसे कुछ ज़्यादा दिलचस्पी हो आई थी। यह उसे काफ़ी गहराई से देखने लगा था—साँवली-सी गसी-गसी देह—कुछ मोटेपन की तरफ़ झुकी हुई, सफ़ेद लिबास में लिपटी—जहाँ-तहाँ से उड़ती हुई साड़ी को सँभालती हुई चली आ रही थी। उसकी चाल उसकी ही तरह कुछ गोल-गोल थी। इसकी नज़रें ख़ुद पर जमी पाकर वह कुछ सचेष्ट हो आई और अब कुछ सकुचाकर चलने लगी थी। पास आते-आते शर्म से एकदम लाल पड़ चुकी थी।

"बड़े, वो हो तुम!"

"क्यों, क्या हुआ, नहीं आना चाहिए था?"

"हट..."

वह इधर-उधर देखने लगी। चलने से उसे कुछ हाँफी आ गई थी। उसकी गर्दन के गड्ढे में चिकनी-चिकनी कोई मांसल सूई ऊपर-नीचे हो रही थी। उसने कान में बाले डाल रखे थे। उनकी पृष्ठभूमि में उसके गाल और भी भरे-भरे और गोल-गोल लग रहे थे जैसे मज़बूत हिप्स की पृष्ठभूमि में स्वयं वे बोले।

"देर हो गई आने में क्या?"

वह कुछ नर्वस थी, जानती थी इन्तज़ार करना उसे एकदम उखाड़ देता है।

"नहीं, कोई ख़ास नहीं...मैं देख रहा था तुम्हारे होस्टल की लड़कियों के नमूने..."

वह हँसी—उसके एक-से दाँत चिकने होंठों के बीच से थोड़ा-सा फटे। वे बेहद सफ़ेद थे।

"अजीब इत्तफ़ाक़ है..." उसने कहा।

"क्या?"

"यही।"

"क्या यही?"

"कि तुम आ गए...कितने दिनों से तबीयत थी तुमसे मिलने की, डर लगता था...क्यों विघ्न डालूँ तुम्हारी पढ़ाई में, पर आज सुबह से जाने कैसे और क्यों लग रहा था कि तुम्हें देख सकूँगी कम-से-कम।"

उसने नज़रें झुका ली थीं। उस साफ़ इकरार पर इसे कुछ नाज़ आया। इसने एक नज़र कम्पाउंड में घुमाई। वह हर लिहाज़ से वहाँ खड़ी सब लड़कियों से ज़्यादा मीठी चीज़ थी...उस हद तक यह वहाँ खड़े लड़कों में सबसे ज़्यादा भाग्यवान था।

"कैसी चल रही है पढ़ाई तुम्हारी?" इसने पूछा।

"मेरा क्या..." उसने एक उसाँस ली और उड़ी-उड़ी हुई नज़रों से सामने देखने लगी।

अँधेरा गिरना शुरू हो गया था और उसके शरीर की हर लकीर गहरेपन से उभर रही थी—बड़ी-बड़ी आँखें, ख़ूबसूरत नाक और उसके नीचे होंठों की साफ़-सुथरी लकीरें...होंठ कितने एक-से और सुडौल थे। यह उसे तभी पास घसीट लेता अगर वे अकेले होते...

जैसे एक शाम उस बड़े बरगद के पेड़ के नीचे घसीट लिया था...

मिलते समय ही उस शाम बारिश का अच्छा-ख़ासा अन्देशा होने लगा था मगर बातें...कि खींचती चली गईं। बारिश रास्ते में मिलेगी, छाता लेते जाओ...उसने कहा था। छाता लाने में और देर हो गई और जब तक छाता लेकर आई, मोटी-मोटी बूँदें आ भी गईं और यह गेट से निकलता-निकलता रह गया...

बचाव के लिए यह पहले से ही एक पेड़ के नीचे खड़ा हो गया था। आकर उसने वहीं छतरी खोल दी। पानी तेज़ हो रहा था इसलिए वे बरगद के बड़े पेड़ के नीचे को दौड़ गए और यह पानी की पहली तेज़ी के धीमा होने का इन्तज़ार करने लगा था। वह छाता लेडीज़ था और बारिश से बचने की कोशिश में दोनों छाते के बीचों-बीच सिमट रहे थे। तभी इसने उसे एकदम पास खींच लिया। छाते के बाहर बौछार का धुन्ध था जिसमें कालेज की इमारत, लान, गलियारे सभी कुछ डूब चुके थे...वह इसके इतने पास पहले कभी नहीं हुई थी...सामीप्य का उतना गहरा अहसास भी पहले कभी नहीं हुआ था। इसने उसके माथे को हल्के-से चूम लिया और हटकर उसे देखा...उसकी आँखें मुसकराहट में दीयों की तरह सुलग रही थीं। यह अपनी जीभ उसकी पलकों पर फेर गया और फिर फिसलता हुआ उसके गालों पर उतर आया—भरे-भरे गदराए फलों के माफिक वहाँ सख़्त फिर भी मुलायम चमड़े का स्वाद था। उसकी आँखें बन्द हो गई थीं और अब वहाँ सिर्फ़ उसका चेहरा-ही-चेहरा था—यह एक अजीब वहशीपन में उसके सारे चेहरे को भड़ा-भड़ चूम रहा था—आर-पार, हर कोण से, हर हिस्से को...कि तभी इसके होंठ उसके होंठों की रसीली सिल पर उतर गए थे...बेहद भरा-भरा था वहाँ। उन

दो पंखुड़ियों में जैसे उसके व्यक्तित्व का सारा रस, सारी मिठास भरी हुई थी...पहली बार वह सिर्फ़ उन्हें छू सका और झुलसकर लौट आया, अगली बार उन्हें फिर छुआ और भरा...वह सिर्फ़ मुसकरा रही थी...उन तारों से जैसे इसे और पास खींच रही थी...

वह पहली शाम थी जब इसने उसे उतने पास से छुआ था, एक ख़ूबसूरत दर्द होंठों में लेकर लौटा था। अगले दो दिनों तक होंठ उस दर्द में रिसते रहे थे—वह तरल पदार्थ जो तब इसने चाटा था, अब इसके अपने होंठों से चू रहा था और यह उसे ही चाटता रहा था...

मांस की पहली गंध, होंठों से बूँद-बूँद चूती हुई गंध! उसके होंठों में तब वह था जो एक अछूती क्वाँरी और वह भी जिसके होंठों पर लिपस्टिक न फेरी गई हो, उसी होंठों में हो सकता है।

"तुम अपनी सुनाओ, तैयारी कैसी है..." वह कह रही थी।

"जा रही चली भैंसागाड़ी...थक जाता हूँ।"

"कौन-सा 'रिवीज़न' चल रहा है?"

"रिवीज़न...अरे अभी तो कितनी चीज़ें ऐसी हैं जो एक बार भी नहीं देखीं।"

"अच्छा सुनो, खाना कैसा है तुम्हारे उधर...यहाँ तो काफ़ी ख़राब हो गया है अभी से।"

"बाढ़ के काफ़ी पहले ही जैसे गँदला पानी आने लगता है वैसे ही इम्तहान के काफ़ी पहले होस्टल के खाने में...इधर खाया भी कम जाता है।"

"मुसम्मी का रस भिजवा दिया करूँ?"

"तुम्हें देख लेना ही बहुत है।"

एकदम सकपकाकर उसने इधर-उधर देखा। वह जिस तरह की

बातें उछाल रहा था, उससे डर लगने लगा था कि कोई सुन न ले।

"सुनो, क्या बाहर चल सकोगी थोड़ी देर को?"

"अभी नहीं...इम्तहान बाद।"

"अभी तो इम्तहान दूर है...क्या फ़र्क़ पड़ जाएगा एकाध घंटे में?"

"नहीं बाबा, मुश्किल है...आज तो 'आउटिंग' भी नहीं है। 'परमीशन' नहीं मिलेगी।"

इसकी आँखों में कुछ रूखापन उतर आया। हवा के एक-दो झोंके नंगी डगालों से गुज़र गए, पत्ते होते तो खड़खड़ाहट होती। उस जगह इम्तहान के दिनों की ठेठ वीरान शाम उतरा रही थी तब।

"बस सोचने लग गए...देखो, फ़ायदा क्या है...किसी तरह चलूँ भी और तुम लौटो परेशान होकर तो घंटाध की तो कोई बात नहीं, अगले कुछ दिन भी परेशान रहोगे।"

"इतने दिनों तो जैसे तुम्हें तंग ही करता रहा हूँ।"

"तुम क्या समझते हो, ऐसे ही तंग कर सकते हो। अगर मुझे तंग नहीं होना तो...और वैसे भी तंग करने के लिए क्या तुम्हारा यहाँ आना ज़रूरी है।"

यह सूनी डगालों की तरफ़ देख रहा था। उसे कैसे समझाए कि किस हालत में ज़्यादा नुक़सान है...अगर ऐसे ही लौट गया तो कैसे पढ़ाई पर बैठ पाएगा। इसकी नज़रें डगालों से नीचे उतरीं तो सामने फैली उसकी आँखों के तारों में बिंध गईं। उनके बीच समय थोड़ी देर को रुक गया। देखने का यह वह अन्दाज़ था जिसे दोनों ही बखूबी इस्तेमाल करते थे, तब जब कि शब्दों में बात नहीं बनती दिखती थी...या शब्द एकदम कम पड़ते थे...ये वे निगाहें थीं जिनसे दूसरे की ज़िद पतंग की तरह कटती चली जाती।

"अच्छा, देखो एक शर्त पर चलती हूँ...यह भूल जाओगे कि 'मैं' तुम्हारे साथ हूँ...बस सोचना एक लड़की है, कोई-सी भी लड़की।"

यह हँसा। वह तैयार होने चली गई। वह ठीक कहती थी। अगर उसे सिर्फ़ लड़की समझता तो बातें हमेशा कितनी आसान रहतीं—दोनों के लिए ही। उसे देखकर पिछले आठ सालों से उसे प्यार करते रहने की बात, बचपन के प्यार की बात...और उस सबसे पैदा हुए अधिकार की बात...सब आप-से-आप आ जाती थीं और उन्हीं पर मच्छरों की तरह पैदा होते और फिर चींथते थे तनाव। क्यों नहीं बात लड़के-लड़की के बुनियादी सम्बन्ध पर ख़त्म हो जाती...हम वहाँ और कुछ क्यों ढूँढ़ने लग जाते हैं और उसी में सब कुछ मचा डालते हैं...

भैया मिलने का टैम ख़तम हो गया...होस्टल का ही कोई चपरासी घूम-घूमकर जोड़ों से कह रहा था। लोग अपनी बातचीत को समाप्ति पर ला रहे थे...रिश्तेदार या वे लड़के जो भाई या कोई और रिश्ते से थे, उन्होंने विदा लेना शुरू कर दिया था, लेकिन 'चाहनेवाले' विज़िटर्स अब भी हिलगे हुए थे।

वह जल्दी ही आ गई। उसने सिर्फ़ साड़ी बदली थी...मुँह भी साबुन से धोया लगता था और पतले काजल की लकीर आँखों में डाली थी। शाम को काजल की उस लकीर से उसका साँवला रंग कुछ और पैना हो गया था। वह ताज़ा दिख रही थी।

"चलो...एक घंटे में आ जाएँगे।"

गेट तक वे पैदल आए। बाहर इन्तज़ार करते रिक्शों में से एक उनकी तरफ़ आया...वे बैठ गए।

" 'परमीशन' मिल गई?"

"कौन लेता है...यह सब जूनियर्स के लिए है..."

"अच्छा जी...पर कोई हिसाब-किताब नहीं रखता।"

"इन लोगों को कुछ टिप्स देते रहें त्यौहार-त्यौहार को, तो सब कुछ चलता है...फिर शाम की हाज़िरी के वक़्त तक तो आ ही जाना है।"

"और अगर आ न पाई तो?"

"क्या...?"

"मतलब मान लो कभी ऐसा हो गया तब क्या होता है...ऐसे ही पूछा..."

"ब्लौक सर्वेंट अटेंडेंस-शीट रोके रहते हैं...सुनो, किधर चल रहे हो..."

"जिधर कहो..."

"नहीं, अगर सिविल लाइन्स की तरफ़ जा रहे हो तो मेरा भी एक काम हो जाएगा।"

"चलो...तुम्हारे साथ ही रहना है...कहीं सही।"

इसने रिक्शे को सिविल लाइन्स के लिए कह दिया।

"और क्या करते रहे इन दिनों...?"

कुछ नहीं, थोड़ा-बहुत पढ़ा...बीच-बीच में तुम्हें याद किया... एकाध सिनेमा देखे...और क्या करना है..."

"पैसे खूब रहते हैं जनाब के पास..."

"अगर कहूँ कि कम रहते हैं तो क्या दोगी?"

"इतनी ज़रा-सी चीज़ से परीक्षा लेना चाहते हो...सुनो प्रतिभा तुमको लेकर बड़ा चिढ़ाती है...कहीं अंग्रेज़ी विभाग के इर्द-गिर्द से निकलो तो कहेगी—'देखो अरविन्द जा रहा है...' "

"और तुम बन जाया करती हो..."

"क्या करूँ...तुम घूमते रहते हो उधर कहीं...उस दिन लक्ष्मी टाकीज़ का हंगामा हुआ न...ईंटें चलीं...सुनकर बड़ा डर लगता रहा कि कहीं तुम भी न हो लड़कों के साथ...सोचा, किसी को भेजकर पता चलाऊँ।"

"क्या हर लड़की अपने 'अपने' के बारे में पता लगा रही थी..."

"तुमसे तो बात भी करना बेकार है..."

वह रूठ-सी गई और अपनी तरफ़ मुँह फेरकर बैठ गई...एक ढलान पाकर रिक्शा और भी तेज़ हो गया था...इधर की सड़क भी हाल ही में एक-सी की गई थी।

"और घर से कोई चिट्ठी वग़ैरह आई?" इसने पूछा।

"नहीं, न ही मैंने लिखी..."

"कोई नाराज़गी...?"

"नहीं, कुछ ख़ास दिलचस्पी नहीं बची...जाने क्यों...पर तुम कुछ और बातें नहीं कर सकते..."

"तुम्हारे बाल बहुत ख़ूबसूरत हैं।"

"धन्यवाद, पर यह लटका तो काफ़ी पुराना पड़ चुका। किसी नई के लिए रखो...तुम्हारे साथ तो अब बूढ़ी हो गई।"

वह विश्वास करती या नहीं, इसे बेतहाशा गुदगुदी हो रही थी उसके पास बैठे हुए...जैसे पहली बार उतने क़रीब बैठा हो। उससे जब भी कुछ अन्तर के साथ मिलो ऐसा ही कुछ महसूस करता था...पर तब तत्काल ही यह कुछ नहीं कर सकता था। जाड़ा होता और वह शाल लाई होती तो यह शाल के अन्दर से ही अपना हाथ डालकर उसके हाथ में फँसा देता...वैसे ही अन्दर की गर्मी को चूसता...पर ये वे दिन थे जब ठंड की पर्त थी भी तो बहुत नीचे,

गर्मी की पहली भभक ऊपर-ऊपर थी।

सिविल लाइन्स में उसने एक दुकान से कुछ ख़रीदा, ड्राइक्लीनिंग के लिए साड़ी दी और फिर यूनिवर्सल डिपो के पास होमियोपैथी की दवा लेने चली गई। यह बाहर खड़ा इन्तज़ार करता रहा। पैलेस के बग़ल की पान की दुकान व्यस्त होने लगी थी। गर्मियों में ठंडाई की यह उम्दा दुकान थी। ज़्यादातर, यूनिवर्सिटी के लड़कों से चलती थी क्योंकि लुके-छिपे उनके भंग छानने और सुरूर का भी इन्तज़ाम हो जाता था वहाँ...

जब तक वे वापस आने को हुए बत्तियाँ जल चुकी थीं और रात पूरी तरह से उतर आई थी।

रोशनियों तक वे अलग-अलग बड़े ही निस्संग भाव से बैठे रहे। कुछ इधर-उधर की बातें रुक-रुककर चलती रहीं। जब बिजली के खम्भों का फ़ासला थोड़ा लम्बा होता यह अपना सर उसके कन्धे पर रख देता था—अँधेरी सड़कों में रात की गंध उतरा रही थी, उसके बालों की जड़ों में भी वही गंध थी।

आगे की सड़क कुछ ज़्यादा सुनसान मिली। इसने अपनी तरफ़ का उसका हाथ पीछे डाल दिया और अपना सर उसकी गर्दन में घुस जाने दिया। उसके गोल-गोल मांसली हाथ की तकिया पर टिका यह उसके बालों के नीचे आँख बन्दकर साँस लेने लगा। उसकी बाँह में सर लुढ़काना इसे बेहद अच्छा लग रहा था, ऐसा लगा जैसे पढ़ाई से उत्पन्न माथे की सारी थकान को मांस की उस सिल पर घिस-घिसकर बाहर फेंक रहा है। उसकी गर्दन को इसके होंठों ने हल्के-से छुआ...उधर से एक महीन 'सू' निकली...उसे इधर समेटने लगा...

"देखो नहीं।" उसने प्रतिकार किया।

"क्यों...?" उसने ज़िद की।

"कोई देखेगा...क्या कहेगा, इस तरह सड़क पर, खुलेआम..."

"क्या कर रहा हूँ?"

"अच्छा, यह कुछ भी नहीं है?"

"कोई नहीं है..."

"देखो, वह..."

उसने पास सरकते हुए बिजली के खम्भे की तरफ़ इशारा कर दिया और शरारत से अलग हो गई। झुँझलाहट में भी उसकी शेख़ी पर यह हँसे बग़ैर नहीं रह सका।

इसका होस्टल पहले आया।

"यहाँ उतरोगे?" उसने पूछा।

"तुम अकेले कैसे जाओगी...चलो भेज आता हूँ..."

उसने मना नहीं किया। उसके होस्टल तक का फ़ासला एक फर्लांग से भी कम का था। शाम के बाद उस सड़क पर चलने-फिरनेवाले कम ही होते थे...यह काफ़ी सटे-सटे बैठा रहा...उसे छेड़ता रहा... फिर भी कसमसाहट कम न हुई...और उतरने का समय आ गया था।

"अभी जाओगी?"

"कैसे हो...देर हो जाएगी...गेट बन्द हो जाएगा।"

"बस एक चक्कर...मन तो भर जाने दो..."

वह कुछ नहीं बोली। इसने रिक्शे को चैथम लाइन्स की तरफ़ चलने को कह दिया।

प्रयाग स्टेशन के पास से होती हुई यह सड़क अर्धवृत्त बनाती हुई फाफामऊवाली मेन सड़क पर निकलती है। बेहद सुनसान और सँकरी। सड़क आधा से ज़्यादा रास्ते में खड़खड़ी है। दोनों तरफ़ आम

के छोटे पर घने-घने पेड़, जिसमें तब बौर लदी पड़ी थी। सड़क के एक तरफ़ फ़ासले से पसरे हुए बँगले सो रहे थे और दूसरी तरफ़ रात की ठंडक में भीगता हुआ मैदान अलसाया-सा पड़ा हुआ था।

सुनसान...ऊपर से घुप्प अँधेरे का सन्नाटा...सिर्फ़ सड़क से उछलती हुई रिक्शे की खड़खड़ थी। रेलवे लाइन पीछे छूटते ही इसने उसके हाथ की तकिया फिर बना ली थी और उसके अपनी तरफ़ के हिस्से पर आँख बन्द करके सट गया था। रिक्शे के बाहर आम की बौर और अन्दर उसके गुदारू जिस्म की ख़ुशबू...इसके नथुने भरने लगे थे। इसका मुँह ऊपर-नीचे दौड़ती उसकी लम्बी-लम्बी साँसों से छरछरा रहा था, उसकी ठोड़ी, होंठ, नाक और आँखों से रगड़ते हुए। उनके बीच तब अगर कुछ था तो बग़ल के मैदान की ठंडक, बौर की ख़ुशबू से सराबोर। उस चिपचिपाहट ने उन्हें और कसकर बाँध लिया...

मैदान के उस पार प्रयाग स्टेशन के पास से शुरू होती बस्ती की बत्तियाँ टिमटिमाती थीं...थोड़ा इस तरफ़ घने दरख़्तों की ओट से कटरा की रोशनियों का उजाला ऊपर उछलता था।

इसके दिमाग़ की सारी तपिश बह गई। पास में वह थी उन्माद में बेसुध, बाँध तोड़कर बहते हुए शरीर के थपेड़ों से स्वयं आहत, चिकनाहट का एक बँधा हुआ गुच्छा। उसकी आँखें खुमारी में मुँदी पड़ी थीं। वह कौन थी...क्या थी...क्या होगी...ये सारी बातें तब पीछे छूट गई थीं। वह सिर्फ़ एक साँवली, शोख और गुदारू लड़की थी। वहाँ सिर्फ़ वह लड़की ही लड़की थी—अँधेरे और बौर दोनों का नशा आत्मसात् किए हुए।

अँधेरे की आख़िरी हद तक यह उसके गालों को शहद के माफिक चाटता रहा। जब रिक्शे की खड़खड़ाहट काफ़ी ऊपर उठने लगी तो

उसने इसके गाल में चुटकी काटी—अब बस भी करो।

"क्यों...अब तो धीरे-धीरे की बात न किया करो...अब तो सारा कुछ इकट्ठे ही पी डालने दो...इन गर्मियों तक।"

"देखो, तुमने वायदा किया था..."

उसने इसे अलग करके कुछ कड़ी नज़रों से देखा और उसी झटके की दूसरी मरोड़ में इसके होंठों को प्यार से समेट लिया। उस एक क्षण उन दोनों के पूरे जीव होंठों के लिपटाव में टँग आए थे।

"और...?"

एक मझोले पेड़ पर पत्ते-ही-पत्ते आकर जब भर जाते हैं और वह चिकने-चिकने चमचमाते पत्तों में अनवरत मुसकराता होता है... वैसी ही भरी-भरी थी वह। जहाँ वह हो, वहाँ सब कुछ भर जाता था और जहाँ से वह उठ जाए वहाँ एक गड्ढा उभर आता था, ख़ालीपन का। वह बेहद ख़ूबसूरत और प्यारी-प्यारी लड़की थी, उसे खोकर कोई भी सिर्फ़ अनाथ हो जाएगा।

"लगता है, पढ़ाई-लिखाई छोड़कर सिर्फ़ तुम्हारे पास रहूँ इन गर्मियों तक, जी भरकर रह लूँ..."

"बड़ा अच्छा करोगे..."

"क्यों?"

"झख मारोगे और क्या..."

"चलो, यही सही...मंजूर है?"

"तुम छोड़ दो पढ़ाई...मुझे फ़ुर्सत नहीं है।"

"अच्छा, सिर्फ़ आज रात मेरे पास रहो..."

"क्या कहा...पागल हो गए हो...अच्छा सुनो, अब ये दीवानगी छोड़ो और जाकर राजा बेटों की तरह पढ़ो।"

उसने इसे अपनी छाती में भींच लिया। रिक्शा मुख्य सड़क पर आकर उसके होस्टल की तरफ़ लौट रहा था। उसके होस्टल की पिछली चौहद्दी तक यह उसके गुदारू शरीर से चिपका-चिपका घुलता रहा।

"रिक्शेवाले यहीं रोक दो..." गेट पर पहुँचकर उसने कहा।

"मैं जाती हूँ...देखो, परेशान नहीं होना...मैं कहीं नहीं जाती आजकल। जब भी परेशान होना, आ जाना। आज तुम्हारी तबीयत ठीक नहीं थी।"

"अब कैसी है?"

"यह तुम जानो।"

और वह गेट से ही खुलककर चली गई। यह सोच रहा था कि क्या उसके माथे में भी इसी तरह की तपिश थी?

उस रात जब लौटा तो काफ़ी हल्का था। नींद भी जमकर आई। इस बार सब कुछ मीठा-मीठा रहा था...पिछली बार भी उसकी तरफ़ से तो ठीक ही था। यही कुछ उखड़ बैठा था। वह फ़ोटो लेने गई थी...घरवालों ने फ़ोटो खींचवाकर भेजने को कहा था। यह समझता था कि फ़ोटो किसलिए जा रही है, वह भी जानती थी...पर कुछ अपना दृष्टिकोण परिवार के सामने रखने की बात तो दूर, वह एक निहायत आज्ञाकारिणी सन्तान की तरह सब कुछ सिर झुकाए कर रही थी। यह कुछ बात छेड़ता, वह इम्तहान की याद दिला देती...'ये बातें इम्तहान बाद भी सोची जा सकती हैं—अभी सिर्फ़ तुम पढ़ो... तुम्हारे लिए पढ़ाई से बड़ी कोई चीज़ नहीं है...मैं भी नहीं हूँ'...उसने आख़िर कहा था। बात ठीक भी थी।

सुबह उठकर इसने पाँचों पर्चों की तैयारी का तारीख़-दर-तारीख़ प्रोग्राम बना डाला और वह चार्ट-सा सामने रखकर ख़ुद को उसी में डुबोने की कोशिश करने लगा। अगले कई दिनों तक इसे और किसी चीज़ का होश ही नहीं था...पढ़ाई, पढ़ाई और पढ़ाई। जितना पढ़ो उतना ही कम दिखता था—वह विस्तार तनता ही चला जाता था... पर पढ़ाई थी जो रहनेवाली थी। और चीज़ों का क्या भरोसा—उसका भी क्या भरोसा...फिर वह भी तो पढ़ने में लगी होगी...इम्तहान बाद मिलने का कुछ और ही मज़ा आएगा!

इलाहाबाद उन शहरों में से है जहाँ हर मौसम छड़ी के निशान की तरह उछल आता है। जाड़े की छुट्टियों के बाद से ही यूनिवर्सिटी-एरिया का माहौल कितने साफ़-साफ़ अन्दाज़ से बदलना शुरू करता है—होस्टल के कमरे रात को देर-देर तक जगे हुए रहने लगते हैं, पुस्तकालयों में उपस्थिति तेज़ी से गिरने लगती है और सड़कों पर घुमक्कड़ों के गिरोह पतले पड़ने लगते हैं। घूमते तब भी हैं लोग, पर सिर्फ़ शाम को, और यह भी वे जिन्हें पढ़ाई से कभी सरोकार नहीं था या फिर वे जो टॉप करनेवाले हैं—वह पढ़ाई भी क्या जो किसी ने देख ली...पढ़कर तो कोई भी टॉप कर सकता है...दिन में घुमाई रात नौ बजे के बाद दो बजे तक पढ़ाई।

फ़रवरी के आख़िर तक पहुँचते-पहुँचते लड़कों की दाढ़ी बढ़ने लगती है और लड़कियों के बालों में रूसी, और ये दोनों ही पढ़ाई के रोब की तरह पाली और ढोई जाती हैं।

वह शहर इसे भी फिर इस बार बहा ले गया था। इम्तहान की तैयारी की छुट्टियाँ हो चुकी थीं और इसलिए दिन-भर कमरा बन्द करके सभी अन्दर घुसे रहते...बीच-बीच में अकेले ही चाय बनती

और उसके दौरान भी 'खींचाई' (पढ़ाई की) चलती रहती। शाम को अपने कुछ दोस्तों के साथ चाय होती, संतरे या ख्यालीराम के दही-पेड़े चलते पर तब भी बात वही उठती थी—कितना खींच डाला। रात उतरने के थोड़ा पहले पाँच-छह लड़कों के साथ छोटी-सी सैर को निकलता—वीमेन्स होस्टल के बाहर से बैंक रोड होते हुए एक चक्कर। फिर खाना और जाकर फिर जम जाना। वीमेन्स होस्टल के गेट से आँखें एक बार ज़रूर उसके लिए झाँक लेतीं...शायद वह भी टहलाव के लिए निकली हो। वह नहीं दिखी, एक दिन ज़रूर हल्के नीले रंग की पोशाक में एक लड़की गलियारे से हटकर पेड़ों के नीचे टहल-टहलकर पढ़ रही थी...उसके आकार और गठन से लगा था कि वही है, शायद थी भी...तबीयत हुई कि सिर्फ़ मिल ही ले, बाहर-बाहर से...पर वह मिलने का दिन नहीं था। फिर इसके साथ और भी लड़के थे...टाल गया था—ठीक है, इम्तहान बाद ही सही।

पहले पर्चे के लिए तैयारी तो पूरी हो चुकी थी पर रात नींद ही नहीं आई। यह भी उस शहर का बुखार था...मस्तिष्क में तनाव-ही-तनाव। रह-रहकर दिमाग़ उबलने को हो जाता, नींद के लिए सुस्थिर ही नहीं हो पाता था। जो थोड़ी-बहुत झपकी आती थी वह सिनेट हॉल की घड़ी हर पन्द्रह मिनट पर 'टन' बजाकर बिखेर देती—सवा पर एक, साढ़े पर दो और पौन पर तीन 'टन'! तबीयत होती कि पहले चढ़कर उस घड़ी को फोड़ डाले, बाद में सोये। झपकते-खीजते... करवट लेते-लेते ही सवेरा हो गया...आँखों में नींद-ही-नींद थी, लगता था पर्चे पर ही सो जाएगा...

बड़े बेमन से पर्चा दिया, ठीक कैसे जाता? दूसरे पर्चे के लिए कुछ ख़ास नहीं पढ़ा। दोपहर थोड़ा सोने की कोशिश की पर अब

मायूसी ऊपर से थी, नींद कहाँ? शाम चेहरे पर वीरानगी बिछाए अकेले ही फाफामऊ की सड़क पर फाफामऊ के पुल तक घूमता चला गया। किसी चीज़ से उम्मीद नहीं बँधती थी। उसे छोड़कर इम्तहान में लगा तो बदबख़्त यह भी दग़ा दे गया। सब कुछ छोड़-छाड़कर दीवाना हो जाया जाय...अब तो ऐसा हो गया था कि किसी चीज़ की अहमियत ही नहीं बनती थी, बनती और उसकी तरफ़ बढ़ो तो दिमाग़ की पकड़ ही ढीली पड़ने लगती है। बचती थी सिर्फ़ एक सड़क—लम्बी, सामने और-और पसरती हुई, इधर-उधर जाते हुए लोग, रिक्शे, साइकिलें, रेलवे लाइन पर सटर-पटर करती गाड़ियाँ... क्या बनेगा, इस तरह। यों भी बनना क्या होता है। जैसे इम्तहान हाथ से फिसल गया, कोई भी चीज़ फिसलकर छूट सकती है... इससे तो अच्छा वाक़ई यही था कि इस वर्ष सिर्फ़ उसी के साथ रह लेता, इम्तहान अगले साल देता...पर यही क्या निश्चित था कि अगले वर्ष इस सबसे नहीं गुज़रना पड़ता...और फिर उसके साथ रहने की बात—जैसे उसे इसके लिए फ़ुर्सत ही फ़ुर्सत थी। उसने कहा भी था।

शायद हर किसी चीज़ से लगाव ख़राब ही होता है चाहे वह लड़की हो या इम्तहान। इसलिए अगले पर्चों के लिए इसने नहीं के बराबर ही पढ़ा...बस औपचारिकता निबाहने के लिए थोड़ा-बहुत देखदाख लेता...और पर्चा दे आता। निर्लिप्त होने की ही वजह से अगले दिन से थोड़ी-बहुत नींद भी आई। पर्चों के बारे में यह कुछ सोचता ही न था...जो था, ठीक था और यों भी हमेशा ही जितनी तैयारी होती है उसका शायद एक-सौवाँ हिस्सा ही तो इम्तहान में उतर पाता है।

जिस दिन पाँचवाँ और आख़िरी पर्चा देकर लौटा, कमरे में जाने का मन नहीं हो रहा था। सीधा मेस में चला गया—बी.ए. के लड़कों से एक-दो मेज़ें भरी थीं। कुछेक ने हमेशा की तरह पूछा, 'कैसा गया साब'। यह भी सो-सो के तकिया-कलाम से टाल गया—उस सवाल से यही नहीं कई तंग आए होंगे और इसीलिए यह टैकनीकलर जवाब भी बन गया था। कोई पर्चा देने जाते हुए जो भी भाई मिलेगा, और नहीं तो रोककर ही बोलेगा 'बेस्ट आफ लक'। एक सज्जन तो 'जस्ट ए मिनट' कहकर आपको खड़ा कर लेते और फिर जुमला बैठाने में लग जाते...'आई विश यू बेस्ट आफ लक'...तब तक खड़े रहिए। पर्चा देकर आइए—'क्यों साब कैसा गया...' यह पहले सो-सो के तकिया-कलाम को काटने की सोचता था पर बाद में देखा वही एक सुभीते का छोटा-मोटा जवाब था जो हर बार बिना ज़्यादा तकलीफ़ के दोहराया जा सकता था—इसलिए उससे छुटकारा न था।

वे मेज़ें तब इसे रश्क-भरी निगाहों से देख रही थीं—एम.ए. का आख़िरी पर्चा और इसकी छुट्टी हो गई थी—सोलह साल से चले आते सिलसिले से छुट्टी...इसे लग रहा था कि आज वाक़ई दीवानः हो जाएगा—इम्तहान से बचा-खुचा हिलगाव ख़त्म हो गया था, पढ़ाई...यूनिवर्सिटी सभी से छुट्टी मिलनेवाली थी। होस्टल वापस आना भी अब शायद ही हो। पास तो हो ही जाएगा क्योंकि इन इम्तहानों में दरअसल फेल होना काफ़ी मुश्किल चीज़ है। सिर्फ़ पोज़ीशन-डिवीज़न की बात बचती थी। एक 'शो' था जो ख़त्म हो रहा था। एक 'मौखिक' बचता था...उसके लिए तो वैसे भी क्या पढ़ना था...।

होना—बस हाज़िर होना ही काफ़ी था, जैसे वही अभी तक काफ़ी रहा था। हाज़िरी के आगे और कुछ उपस्थित करने का इसके पास है

भी नहीं, ऐसा लगता था। जो हो जाएगा ठीक है...फ़िलहाल हाज़िरी, तबीयत या मन से ज़्यादा वज़नी चीज़ थी।

खाने के बाद कमरे में गया। आलम देखने लायक़ था। इधर-उधर फेंकी गई किताबें, नोट्स के लुंज-पुंज रजिस्टर, (इसे विश्वास न हुआ कि उन्हें तैयार करने में इसने जीवन का एक पूरा वर्ष बर्बाद कर दिया था) सुबह दोहराए जानेवाले 'शार्ट नोट्स' के छिटपुट काग़ज़ात, सब्ज़ी-दाल के पीले-पीले रंगों से सने हुए अख़बार के टुकड़े, सूखकर पापड़ों की तरह इधर-उधर खरखराते हुए (इधर खाना कमरे में ही मँगाकर खाता रहा था)...और सबसे ऊपर खिड़की से आती चौंध जो आज पहली बार इसे लगी। कोफ्त हुई कि इन दिनों अगर पर्दे डाल देता तो भी नींद में फ़र्क़ पड़ता...गहरे रंग का काग़ज़ ही लगा लेता।

कपड़े बदल बिस्तर पर पसर गया। कुछ सोने की कोशिश की पर किताबों का द्रव्य और नोट्स की खुरचन माथे पर चूहों की तरह बिलबिला रहे थे। इतने दिनों खाना कम खाने की वजह से काफ़ी कमज़ोरी भी आ गई थी—शरीर पर पीला-पीला फिसलाव था।

एक कोने में पढ़ाई के प्रोग्राम का चार्ट औंधा पड़ा हुआ था... इसे याद आया कि उससे पिछली बार मिलने के बाद कितने उत्साह से बनाया था। एक चक्कर पूरा हो गया। एक माह तो हो ही चुका होगा...फ़िल्म देखने जाकर शेक्सपियर और मिल्टन को दिमाग़ से उतारा जा सकता है। उसका भी तो आख़िरी पर्चा रहा होगा आज... उसके साथ ही फ़िल्म जाई जाय...तीन का शो। इधर इतना मायूस रहा था कि उसके बारे में भी नहीं सोच सका। इसके जो हुए, हुए, उसके पर्चे कैसे हुए पता लगाया जाए...।

इसे लगा कि शाम तक इन्तज़ार नहीं कर सकता। नीचे उतरकर उसे फ़ोन किया। वह नहीं मिली...इलाहाबाद ही में नहीं थी...घर गई है...और इम्तहान...? ड्रॉप कर गई...फ़ोन पर होस्टल के क्लर्क ने बताया।

इसे लगा यह हवा में खड़ा हुआ है। कुछ देर को मुँह से कुछ नहीं निकला। इस बीच उधर से फ़ोन बन्द कर दिया गया। वह इतनी कमज़ोर निकली...वह जो इसकी ताक़त बनती थी...उसे इस शहर का फ़ैशन निगल गया—'इस साल ड्रॉप करिए अगले साल टॉप'...

उसका चेहरा सामान्य नहीं रह गया होगा...इसने अपने होस्टल के ही कुछ लड़कों को देखा था जिन्होंने ड्रॉप किया था...उनके चेहरे कितने विकृत हो गए थे—जैसे उन पर चौखटे-ही-चौखटे जड़कर वह 'पीस' बना दिया गया हो जो विजयानगरम हॉल की नुमाइश में टँगा था—'हारर'। कभी ऐसा लगता जैसे वे लड़के ऐसे जानवर हों जिन्हें चौंध से बड़ा डर लगता है। लोगों को नकारते हुए सिर्फ़ अपने कमरे में पड़े रहते थे। उनकी सारी हरकतों में चोरी-जैसा भाव आ गया था—खाना खाने जाते तो भी रात गए जब वहाँ कोई न हो, महाराज के आगे भी उनका चेहरा शर्म से लटकता रहता।

उसने इस वर्ग की कतार में जुड़ना पसन्द किया। इसके जेहन में उसका चेहरा उतरा आया...जैसे उस लड़की ने स्वयं उस चिकने चेहरे पर कीलें-ही-कीलें ठोंक डाली थीं...जो जगह बची थी उसे देखनेवालों ने छेद डाला था! पर वह चली क्यों गई? इसके होस्टल के वे चेहरे तो पढ़ाई में लग रहे थे नये सिरे से—पुस्तकालय जाना, किताबें-रजिस्टर ख़रीदना उन्होंने फिर शुरू कर दिया था जैसे वह अप्रैल का शुरू नहीं जुलाई का आरम्भ था। उन्हें अगर चिन्ता थी तो

सिर्फ़ एक कि ख़बर घरवालों तक कैसे पहुँचाई जाए, उनसे रुपए कैसे मँगाए जाएँ...वे अक्सर बड़े लाचार दिखते—जैसे ख़ौफ़नाक जानवर, अन्दर पड़े-पड़े भूख में धीरे-धीरे मर रहे थे। उनमें से कुछेक को तो उस शहर की भीड़ खा गई...किसी छोटे शहर के छोटे स्कूल के बाद एकाएक यूनिवर्सिटी के संसार में...यहाँ प्राध्यापक को किसी तरह के सलाह-मशवरे की फ़ुर्सत नहीं थी और उन स्कूलों में उनके अध्यापक इम्तहान के रोज़ क्या खाकर आना—यह भी निर्धारित कर देते थे। इन बेचारों की नींद भी जब सिनेट हॉल की घड़ी ने उड़ा दी होगी तो ये पूरे पागल हो गए होंगे...आधा पागल तो इस शहर के बड़े-बड़े पुस्तकालयों ने उन्हें शुरू में ही कर दिया था।

पर उसके साथ क्या हो गया था—पढ़ा नहीं होगा तो वह भी क्या—फेल तो वह कोशिश करने पर भी न होती शायद। बीमार हो गई होगी। इसकी पढ़ाई का ख़याल करके इसे भी ख़बर न दी होगी।

कुछ भी हो इसकी दीवानगी अब पूरी हो गई थी। दोनों तरफ़ से हाथ धो लिये। वैसे भी उसके लिए यह सब था ही क्या...पढ़ना शादी तक का वक़्त काटने का नुस्खा था। उसी वक़्त काटने का एक मुद्दा यह भी था कि इससे कुछ प्रेम-एम का चक्कर चलाता रहा जाए, वक़्त अच्छा कटेगा। इन तमाम दिनों उसके लिए यह मात्र एक खिलौना था, वैसा ही जैसे छोटी लड़कियाँ कोई गुड्डा पाल लेती हैं, शादी-जैसी चीज़ रचाती हैं और उनकी असली शादी हो जाने के बाद गुड्डे के नाम पर दो आँसू ढुलकाकर 'बाबुल छूट चला तेरा अँगना' के पीछे-पीछे 'सैंयाँ' के देश बच्चे जनने चली जाती हैं!

पढ़ेंगी वे, पर पढ़ने का कष्ट क्यों उठाएँ। कहीं कोई और उनके ख़ातिर पढ़ रहा होगा...नौकरी करके इनका पेट भरेगा और ये तो बस

मलकई के लिए पैदा हुई हैं...बच्चे पैदा करने का कष्ट तो उठाना ही है...और कोई कष्ट क्यों उठाएँ...?

उसे अगर कुछ ख़याल होता तो इसी के ख़ातिर इम्तहान दे डालती...अच्छा या बुरा करती। भले ही फेल हो जाती...यह कुछ नहीं कहता...पर यह सब सोचना ही फिज़ूल था, उस शख़्स के लिए जिसके मूल्यों में न कहीं पढ़ाई आती थी और न यह ही। अब तो बस अकेला ही चलना था...'मौखिक' तक...उसके भी आगे... शायद हमेशा ही...

'मौखिक' ख़त्म होने पर एक बहुत बड़ा सवाल उठा—'अब?' जाना था, यह तो तय था मगर कहाँ...कहीं भी। घर अभी नहीं जाना चाहता था क्योंकि वह वहीं होगी। और कहीं के लिए खर्च का प्रश्न था...रुपए हों तो होस्टल ही रहा जा सकता था कुछ दिनों तक...पर होस्टल में अब और रहना मुश्किल दिखता था...इम्तहान बाद इतने दिन ही बहुत थे जो निकाल लिये। अब वह सारा माहौल काटने को दौड़ता था। बी. ए. के लड़के पढ़ाई में लगे थे। जिसके पास जाइए फालतूपन महसूस होता...यह इमारत जब यूनिवर्सिटी खुलती है तो कितना ताज़ा दिखती है और इम्तहान ख़त्म होते-होते ऐसी हो जाती है कि उबकाई आने लगे। गर्मी भी दिनों-दिन बढ़ रही थी...दोपहर में कमरा इतना तपता कि मुँह सूखने लगता था।

कोई ऐसी जगह हो—किसी दोस्त वग़ैरह का घर जहाँ जाकर कुछ दिन पड़े रहा जाए...कुछ आगे के बारे में सोचे...अब जब कि सब कुछ हो चुका था, छूट चुका था, एक तरह से।

उसी दिन कोई साढ़े चार का समय रहा होगा। एक रिक्शेवाला दरवाज़ा

खटखटाकर बाहर खड़ा था—'कोई मेमसाहब आपको बाहर बुला रही हैं'...वही होगी और कौन मेमसाहब थी इसकी ज़िन्दगी में। मन हुआ कि कह दे नहीं आता...पर उससे क्या होगा...रिक्शेवाला क्या सोचेगा...कमरा बन्द करके रिक्शेवाले के पीछे-पीछे चुपचाप चला गया।

होस्टल के गेट के सामने ही दूसरी तरफ़ एक पेड़ के नीचे उसका रिक्शा खड़ा था, धूप को आड़ किए हुए। नीचे एक छोटी अटैची और बिस्तरबन्द था। वह स्टेशन से सीधा इधर आई थी। पास पहुँचा तो वह शून्य में उदास-उदास नज़रों से देखती हुई मिली...देख रही थी या दिखा रही थी कि बहुत उदास है!

"कहिए..." रिक्शे पर पहुँचकर इसने कहा।

उसने अपनी दृष्टि समेटी पर कुछ बोली नहीं, सिर्फ़ इसकी तरफ़ देखती रही।

"कैसी हैं...कब लौटीं?"

"..."

"सामान लेने आई होंगी, अच्छा हुआ मुलाक़ात हो गई। आज ही 'मौखिक' ख़त्म हुआ। मैं कल जानेवाला ही था।"

"पर्चे कैसे हुए?" आख़िर वह बोली।

"बड़ा ख़याल है आपको मेरा और मेरे पर्चों का," यह बमक पड़ा , "पर यह आप भी जानती हैं और मैं भी...कि ये सिर्फ़ बात करने के लिए बातें हैं..."

उसने एक गहरी साँस खींची और सिर झुका लिया।

"जाने के पहले एक बार पूछने की तकलीफ़ कर सकती थीं...?"

"वह तुम्हारा वक़्त बर्बाद करने लायक़ बात नहीं थी" इस बार वह कुछ तेज़ पड़ी।

"ख़ैर मुझे क्या...मैं आपकी पढ़ाई का ठेकेदार बनाकर तो भेजा नहीं गया...फरमाइए, मेरे लिए अब क्या आज्ञा है।"

"रिक्शे में बैठकर भी नाराज़ हो सकते हो..."

"मैं नाराज़ होनेवाला होता ही कौन हूँ!"

उसकी सूरत में लेशमात्र भी आकर्षण नहीं बचा था। यह बोर होकर इधर-उधर देखने लगा। सड़क पर शाम की हलचल अब भी दूर दिखती थी—यूनिवर्सिटी रोड पर ही जहाँ कुछ होटल और किताबों की दुकानें थीं वहाँ ज़रूर कुछ चहल-पहल शुरू होती-सी लगती थी—वर्ना शान्त था। इक्के-दुक्के उधर से ज़रूर गुज़रते थे और सभी उन पर एक नज़र मारते हुए जाते।

"ठीक है..."

वह रोने लगी थी। रिक्शेवाला, जो अब तक उनकी बातें नहीं समझा था, अब सकपका आया था और हैंडिल पकड़कर इधर-उधर करने लगा था। इसे लगा अगर वे इसी तरह और थोड़ी देर खड़े रहे तो तमाशा खड़ा हो जाएगा। रिक्शे पर बैठ गया। रिक्शेवाले को राहत मिली।

"भैया किधर..."

"अभी तो इधर से चलो...इसने उसके होस्टल की तरफ़ रिक्शे को मुड़वा दिया।"

उसने इसके पैरों को छुआ और फिर वही हाथ अपनी माँग पर फेर लिया।

"फालतू चीज़ें," यह बुदबुदाया।

"तुम्हारे लिए होंगी फालतू...मुझे होस्टल नहीं जाना है।" नाराज़ होने की अब उसकी बारी थी।

"तो जहाँ जाना हो वहाँ जाइए...मैं उतर जाता हूँ..."

उसने इसका हाथ हल्के-से पकड़ा और रोते हुए इसकी तरफ़ देखा...उसके चेहरे में आकर्षण भले ही न रहा हो, उसकी आँखों में खींचने की शक्ति अब भी थी। यह कमज़ोर पड़ रहा था। यह तो तय था कि उसने भी ख़ुशी से तो ड्रॉप किया न होगा। चलो, उतना गम्भीर निर्णय न भी सही जितना लड़कों के लिए था यह, पर आख़िर वह एक तगड़ी कशमकश से तो गुज़री ही होगी।

"देखो नाराज़ चाहे जितना हो लेना...पर मेरी एक बात मान लो...मैं एक दिन तुम्हारे पास रहना चाहती हूँ...सिर्फ़ तुम्हारे पास... कितने दिनों बाद मिले हो।"

डायमंड जुबली होस्टल का मोड़ आ रहा था। वह पहले इससे 'हाँ' करा लेना चाहती थी ताकि वहाँ से मुड़ा जा सके। वह सारा सिलसिला शुरू से ही उसने अपने ढंग से चलाया था। शुरू उसकी तरफ़ से हुआ था। यह सिर्फ़ खींचा जाता रहा और इसने भी सिर्फ़ अपने-आपको खींचते जाने दिया था...और थोड़े दिन सही...कर ले वह लड़की अपने मन का...

"रिक्शेवाले...दाहिनी तरफ़..." उसने ही रिक्शेवाले से कहा।

वह अपने होस्टल की एकदम विपरीत दिशा में मुड़ गई थी और यह सोचता रह गया था...हमेशा ही वह इसे अपने रास्ते ले जाने में सफल हो जाती है। इस लड़की जिसके साथ वह कभी-कभी काफ़ी रुखाई, यहाँ तक कि सख़्ती से पेश आता है, उसमें कोई भीतरी शक्ति ज़रूर है।

"कुछ भी बात नहीं करोगे...?"

"बात करने को बचा ही क्या है!"

"इतनी नफ़रत हो गई है मुझसे...?"

यह कुछ नहीं बोला। यही काफ़ी था कि उसे इतने पास से बर्दाश्त कर रहा था...उस वक़्त बाहर की हर चीज़ से उलझने की कोशिश करता था ताकि उससे दूर रह सके। उससे नफ़रत की बात, ग़ुस्से की बात...सभी कुछ सिर्फ़ काग़ज़ी था...क्योंकि उस सबकी अहमियत उगल दिए जाने के बाद कुछ नहीं थी...साबुन के बुल्ले जिन्हें वह बचपन में फूँककर बनाता था...थोड़ी देर हवा में गोल-गोल तैरते रहते...बाद में फच्च से ख़त्म...यह लड़की पढ़ाई की इतनी बातें करती थी और निकली कितनी बड़ी ढोंगिन!

वे एक होटल आ गए।

कमरे में पहुँचते ही उसने आराम से बिस्तरा और अटैची रखाई जैसे वह किसी अजनबी शहर आई थी, वह भी एक-दो दिन के लिए। पोर्टर चला गया तो बिना इसकी तरफ़ कोई ध्यान दिए उसने अटैची खोली, ब्रश, साबुन और एक सेट कपड़ों को निकाला और तौलिया कन्धे पर डाल ली...इसकी तरफ़ पीठ किए हुए अटैची बन्द करती रही और वहीं से बोली—

"सफर की धूल-ही-धूल सिर पर चढ़ी है...नहा लूँ तब चैन आएगा।"

"..."

"मैं अभी आई" वह मुड़ी "तब तक तुम कुछ खाने को मँगा लो।"

"यह कोई खाने का वक़्त है?"

"तो क्या भूखा रखोगे। चाय के साथ कुछ मँगा लेना।"

और झपाक से वह बाहर चली गई। उस कमरे में तीन अदद

रह गए थे—बिस्तरबन्द, अटैची और यह। उसने यह भी बताने की ज़रूरत नहीं समझी थी कि वह कहाँ से आ रही थी। घर से आई होगी। ठीक मेरे मौखिक इम्तहान के दिन आई...हिसाब से। मिलने की मंशा से ही आई होगी वर्ना एक-दो दिन बाद भी आ सकती थी। सामान भी इसीलिए छोड़ गई थी...तभी ले जा सकती थी...

कमरे में दो बेड थे। एक मध्यम श्रेणी का होटल था वह और वैसी ही मामूली उसकी सजावट थी। बाहर एक पतली-सी गैलरी थी जिस पर खड़े होकर निरंजन सिनेमा के सामनेवाली सड़क को देखा जा सकता था। इसका जी चाहा कि वहीं खड़ा होकर बाहर की चीज़ों को फिर देखे लेकिन कोई जान-पहचानी उधर से गुज़रता हो सकता था। उसकी अटैची की ही तलाशी ली जाए...शायद उससे पता चले कि वह क्यों भाग गई थी...

बेयरा पानी रखने आया। इसने चाय का आर्डर दिया। खाने को भी कुछ लेता आएगा...कुछ भी। इसे बिलकुल दिलचस्पी नहीं थी... यह तो वही थी कि इम्तहान से भागकर माँ-बाप को शक्ल दिखा आई थी, वापस भी आ गई थी और अब भुखासी भी थी!

एक बेड पर पसरकर यह घूमते हुए पंखे को देखने लगा। अपने बारे में कुछ सोचना चाहा...पर सिर्फ़ आँख बन्द करके पड़ा रह सका। अटैची में भी दिलचस्पी नहीं बची थी, उसकी किसी चीज़ में नहीं थी। उससे छुटकारा पाना चाहता था...बस।

वह लौटी तब भी यह बिस्तर पर पड़ा हुआ था। अपनी ठंडी उँगलियों से उसने इसके बालों को हल्के-से लथेड़ा। इसने आँखें खोलीं...सिरहाने वह खड़ी थी...ताज़ा-ताज़ा...उसके चेहरे से तनाव की सारी खरोंचें ग़ायब थीं और झुर्रियों की पहली छाया जो रास्ते में

उसके चेहरे पर पड़ती दिखती थी वह भी नदारद थी। उसका चेहरा पहले-जैसा ही चिकना हो आया था। उसका ब्लाउज़ उसी कपड़े का था जिसकी इसकी बुश्शर्ट थी...कपड़ा दोनों ने साथ ख़रीदा था कभी।

"क्या, सो रहे हो...?"

फिर वह उधर चली गई और अपने बाल फटकारने लगी। कुछ ठंडी बूँदें इस पर भी बरसीं।

"तुमने बताया नहीं पर्चे कैसे हुए," वह कह रही थी।

"सो...सो..."

अब तक वह कंघा बालों में जल्दी से फिराकर तौलिया से एक बार फिर मुँह पोंछकर पूरा तैयार हो चुकी थी। आख़िरी काम उसने पुराने कपड़ों को अटैची के एक कोने में ठूँसने का किया और फिर जिस पलंग पर यह पड़ा हुआ था उसी पर चढ़कर फसाका मारकर बैठ गई।

"अब तबीयत शान्त हुई...अब होंगी बातें खूब-खूब।"

यह वैसे ही पड़ा रहा, कुढ़ रहा था...क्या बातें करेगी? इसके अपने पास उससे कहने-सुनने के लिए कुछ नहीं था।

"मैं घर गई थी...वहीं से आ रही हूँ..."

"चाय का आर्डर दे दिया था...घंटी बजाकर बुला लो..."

"सुनो, मेरे इम्तहान न देने को क्यों नहीं बीती हुई चीज़ मान सकते...हो गया, जैसे और भी कई चीज़ें हो जाती हैं...कुछ ऐसी भी जो इससे भी ज़्यादा ख़ौफ़नाक हो सकती हैं..."

"..."

"मैं समझती हूँ तुम्हें मेरे ड्रॉप करने का सदमा पहुँचा है...कभी इसका प्रायश्चित्त करूँगी...लेकिन इस इम्तहान के लिए तो कुछ किया

नहीं जा सकता अब..."

"अगर मैं भी ड्रॉप कर जाता," यह उठ बैठा।

उसने इसके होंठों पर अपनी उँगलियाँ रख दीं। वे ठंडी थीं। ख़ुद ड्रॉप करने और उसे बर्दाश्त करने में कुछ नहीं था लेकिन इसका ड्रॉप करना वह भी नहीं झेल पाती। ख़याल से ही उसे हल्का-सा रोमांच हो आया था। वह इसकी तरफ़ देख-देखकर पिघलती रही...

"कभी-कभी बड़ा डर लगता है अपने आपसे," उसने कहा।

"..."

"मेरा क्या होगा?"

"क्या होगा...किसी का क्या होता है। तुम्हारी शादी होगी, बच्चे पैदा करोगी...मर जाओगी।"

वह क्रोध में छिटककर पलंग से उठ बैठी और अगले कुछ क्षणों दूर से ही इसे क्रोध में देखती रही। उसे ख़राब लगा था कि यह उसके बारे में वे सब चीज़ें सोचता है।

उसका ग़ुस्सा जैसे आया था वैसे ही बह गया और वह फिर इसके बग़ल में बैठ गई।

"जाने क्यों अपने और तुम्हारे बारे में मैं यह सब नहीं सोच पाती।"

"क्या...?"

"यही सब...बच्चे पैदा करना, या सिर्फ़ वह सब होना जो तुम्हारे लिए कोई भी औरत और मेरे लिए कोई भी पुरुष हो सकते हैं...तुम मेरे लिए इसके बहुत-बहुत ऊपर हो।"

"क्या हूँ?"

"पता नहीं...मैं महसूस त़ो करती हूँ पर स्वयं को भी साफ़-साफ़ शब्दों में नहीं समझा सकती...एक ही शब्द जो मेरी भावना के काफ़ी

क़रीब आ पाता है—तुम हँसोगे—'मेरे देवता'..."

बात फिर आकर उसी रहस्यात्मकता में फँस रही थी जहाँ अक्सर उलझ जाती थी। उसने अपना सिर इसकी गोद में रख दिया था और आधा लेट गई थी। उसकी आँखें बन्द थीं जैसे वह 'ट्रान्स' में थी। इसने उसे छेड़ा नहीं वैसे ही रहने दिया जैसे वह वह नहीं एक तौलिया थी जो इसके पैरों पर आ गिरी थी। एक महीने में ही कितना फ़र्क़ हो गया था—एक चैथम लाइन्स में मुसकराती हुई वह शोख लड़की और एक बासी-बासी बातें बोलती हुई यह चीज़...

किसी ने दरवाज़ा खटखटाया, वह उठकर एकदम बैठ गई। बेयरा चाय लाया था। चाय के साथ कुछ सैंडविचेज़ थीं...

"बस इतना ही मँगाया था..." वह रुआँसी हो गई।

"कुछ और मँगा लो, शाम खाना भी तो खाओगी...मँगाना है?"

"आँ...नहीं, रहने दो अब...उसने चाय बनाई और साथ-साथ सैंडविचेज़ खाती रही।"

"अच्छा तुमने ड्रॉप क्यों किया...पूछ सकता हूँ?"

"तुम्हें यह काँटा चुभता ही रहेगा। तो सुनो...उस आदमी ने मेरी ज़िन्दगी तबाह कर रखी थी।"

"किसने...?"

"वही जिसके पास मेरी फ़ोटो भेजी गई थी...वह मेरा अभी से ख़सम बन बैठा था, चिट्ठी-पर-चिट्ठी भेजने लगा था। तंग आकर एक औपचारिक-सा जवाब भी लिख दिया कि हमारे यहाँ लड़कियाँ शादी के पहले किसी को पत्र नहीं लिखतीं, अब वह और न लिखे... इसके बाद भी पत्र आते रहे...जब मैंने कुछ ध्यान ही नहीं दिया तो एक दिन हज़रत ख़ुद आ टपके यहाँ, मुझसे बाहर चलने को कहा...

किसी-न-किसी तरह टाल पाई।"

"टालना क्या...चली जातीं...ज़िन्दगी-भर तो साथ रहना ही है उसके।"

"हूँ चली जाती..." उसने बिराया "क्या पढ़ाई होती इस सबमें, तुम्हीं बताओ।" मैंने समझाने की कोशिश की कि मेरी पढ़ाई का नुक़सान होता है, बोले, "क्या करना अब पढ़कर, काफ़ी पढ़ लिया..."

"और इसीलिए तुमने ड्रॉप कर दिया...उसका मनपसन्द जो बनना था!"

"मैं इन सब झंझटों की वजह से कुछ भी नहीं पढ़ सकी और कोई वक़्त होता तो तुम्हारे पास आ जाती...पर सोचा, मैं तो चौपट थी ही तुम्हें क्यों करूँ..."

"माँ-बाप क्या कहते थे?"

"क्या कहेंगे...मैंने उन्हें साफ़-साफ़ बता दिया...उन्हीं की पाली हुई झंझट थी कि मैं इम्तहान नहीं दे सकी। अब वे भुगतें...बाबू को भी ख़राब लगा था उस आदमी का व्यवहार..."

"सगाई हो चुकी?"

"अभी कहाँ...और अभी से यह हकबाज़ी। मुझे तो ग़ुस्सा माँ-बाप पर आ रहा था कि ऐसी क्या जल्दी पड़ी थी। मैंने जो भुगता है थोड़ा वे भी तो भुगतें...इसलिए मैंने ड्रॉप कर दिया।"

"बड़ा अच्छा किया..."

"ग़ुस्से में हो गया...अच्छा या बुरा...क्या करूँ..."

सगाई नहीं हुई तो हो जाएगी और उसकी तरफ़ से शायद ही कोई प्रतिरोध हो—सबके मन का करनेवाली चीज़ जो बनी थी वह। ख़ैर, उस 'रेस' में तो यह कभी ही नहीं था...होता तो हर चीज़

की तरह वह कुछ इशारा तो करती...हर जगह अगुआ तो वही हुई है। अपने तईं तो इसके लिए बात बड़े साधारण ढंग से ख़त्म होती थी—यह फ़िलहाल इस स्थिति में नहीं था कि उसे वह सब दे सकता जो रईस बाप की इकलौती लड़की होने की वजह से उसे हासिल था...इसने अभी एम.ए. की परीक्षा दी है...इसके बाद पता नहीं क्या होगा—नौकरी मिली या नहीं मिली...मिली तो कब और कैसी। उसकी भी अपनी मज़बूरियाँ होंगी—उसके बाबू दिल के मरीज़ हैं...उनके बीच जाति का भी पचड़ा था जो देश के उस हिस्से में काफ़ी अहमियत रखता था। उनके परिवारों को झटका लगेगा...क्या वह बाप को खोकर इसे पाना चाहेगी और क्या यह अपने गरीब माँ-बाप को ठेस पहुँचा सकता है, वे जो किसी-किसी तरह इसे पढ़ा-लिखा रहे थे...

ये तो ख़ैर बाद की बातें थीं...सबसे पहली बात थी कि वे क्या सुखी रहेंगे...अभी ही जब वे इतने दिनों बाद मिलते हैं यह उससे छुटकारा पाने की सोचने लगता है...क्या वे वाक़ई पति-पत्नी बनकर रह सकेंगे...

बेयरा आकर चाय के बर्तन ले गया। उन बर्तनों के उठते ही एक मायूस ख़ालीपन कमरे-भर में उतर आया। बाहर अँधेरा घिरने लगा था, धीरे-धीरे कमरे में एक सिरे से कालिख बिछने लगी थी। बाहर की गैलरी सूनी थी, पर्दे के पार से कभी-कभार कोई पाँव गुज़र जाते। लेकिन नीचे सड़क पर गँसता हुआ शोर था जो गली के उस सूनेपन को चींथने की कोशिश करने लगा था। शाम की चहल-पहल शुरू हो रही थी।

उसके 'ड्रॉप' कर जाने का सवाल बड़ी जल्दी पीछे छूट गया था...उसकी जगह उसे पाने-खोने का सवाल सर उठा रहा था। अभी

थोड़ी ही देर पहले यह उससे छुटकारा पाना चाहता था और अब जब लग रहा था कि वह इसकी हथेली से फिसली जा रही है तो बड़ा असहाय-सा महसूस करने लगा था।

"तुम शरीर को मानती हो?"

"यह जो तुम्हारे पास मैं पागलों की तरह दौड़ी चली आती हूँ... यह क्या मैं शरीर की भूख मिटाने दौड़ती हूँ...तुम यही सोचते होगे। तुम क्या जानो इतने दिनों शारीरिक जो भी तुम्हारे साथ किया उसमें यह सुख ज़्यादा था कि तुम्हें सुख मिल रहा है। लड़कियों की यह ज़िन्दगी जब वे अपने चाहे व्यक्ति के साथ हँस-खेल सकती हैं कितनी कम होती है...

कोई छाया उस पर भी गिर रही थी...या उसे इस बार वह साथ लेकर आई थी। उसने उसकी आम शोखी को जब्त करना शुरू कर दिया था...अब वह लौट-लौटकर गम्भीर हो जाती। उसकी पुरानी सरलता ग़ायब थी...

"तुम नहीं जानते..." वह आगे कह रही थी, "शरीर की बात तो दूर मैं तुम्हें पाना भी नहीं चाहती कि कहीं पाने में ही या पाकर तुम्हें खो न बैठूँ..."

"लेकिन मैं तुम्हारे इस शरीर को भी नहीं खोना चाहता। मेरे हिसाब से हर चीज़ शरीर से ही शुरू होती है...हमें पास कौन चीज़ लाया...हमारा शरीर, हमारा सामीप्य। एक बार यह शरीर दृष्टि-ओझल हुआ कि सारे ढकोसले धरे रह जाते हैं। दृष्टि-ओझल तो मस्तिष्क ओझलवाली बात..."

"तुम क्या सोचते हो मैं किसी से प्यार करने लायक़ रह गई हूँ अब!"

"मन पर किसका काबू हुआ...जिसके पास शरीर होता है, मन भी उसकी तरफ़ ही चलने लगता है। आज नहीं तो कल, कल नहीं तो परसों...तुम किसी और के बारे में भी यह सब महसूस कर सकती हो।"

वह चुप थी। घिरती साँझ की पूरी झाईं उसके चेहरे पर पड़ रही थी और उसका मुँह गहन में आए सूरज की तरह तमतमाने लगा था। वे एक छोटे क़स्बे के लड़के-लड़की थे, किसी महानगर के होते तो वहीं चिपट पड़ती इस पर शादी के लिए और यह जान बचाकर भागता दिखता! छोटे क़स्बे के होने की वजह से इसकी सारी बातें छोटी थीं और उसकी इतनी बड़ी कि उन तक उठा ही नहीं जा सकता था...ऊपर से वह सारी लिपाई-पुताई इलाहाबादी थी। वह धीरे-धीरे सब कुछ छोड़ने के भारतीय दर्शन को ओढ़ रही थी ताकि किसी सुख में तो जीती रहे—सुख का भुलावा या भुलावे का सुख...वह जो भी बननेवाला था।

"तुम बातें तो ऐसे करती हो जैसे स्वयं शरीर से ऊपर हो...शरीर की भी भूख-प्यास होती है..."

"पता नहीं...अभी तक तो तुम्हें और इस प्यास को अलग-अलग करके नहीं देख पाई। लगता है जहाँ मन-शरीर-आत्मा एक तरफ़ भागते हैं वहाँ शरीर पूजा है, जहाँ वे अलग-अलग होते हैं वहाँ शरीर बोझ है...पाप है।"

"पाप-पुण्य...पूजा तो बेमानी है। बोझ की बात समझ में आती है।"

अँधेरा पूरा-पूरा उतर आया था। निरंजन टाकीज़ की रोशनियाँ काली चादर में फँसी आलपिनों की तरह चमकने लगी थीं। इसे लगा उनके जीवन की गति कुछ धीमी पड़ रही है। उनके बीच

जो कुछ था वह तेज़ी से बदल रहा था...हालाँकि अभी कुछ नहीं हुआ था...और न निकट भविष्य में ही कुछ होनेवाला था...पर जो आनेवाला था उसने उनके बीच उगना शुरू कर दिया था और ऐसा लगता था कि अनायास ही इस तरह उग रहा है वही आनेवाला था।

"और, गर्मियों के बारे में क्या सोचा..." उसने पूछा।

"सोचता हूँ यहीं रुक जाऊँ, घर जाकर ही क्या करूँगा...वैसे भी कुछ महसूस नहीं होता कि कहीं मेरा घर भी है।"

"होस्टल तो खुलेगा ही...वहीं रुको और कम्पटीशन की तैयारी करो।"

"अभी तो जाऊँगा ही दस-बारह दिन के लिए, तब तक यहाँ का हल्ला-गुल्ला भी ख़त्म हो जाएगा।"

"सुनो, मुझे कुछ चीज़ें ख़रीदनी हैं...तुम आराम करना चाहो तो यहीं रुको...मैं आधा घंटा के लिए चौक जाऊँगी..."

"यहाँ क्या करूँगा पड़ा-पड़ा...पर कल नहीं ख़रीद सकतीं...?"

"कल सामान बाँधने में निकल जाएगा, कितना सारा बिखरा पड़ा है...शाम की गाड़ी से जाना है..."

"परसों जाओ तो?"

"चिन्ता करेंगे...बाबू की तबीयत वैसे ही ख़राब है। उनका ख़ास ख़याल करना पड़ता है।"

"भागो, भागती रहो...दूसरों को ख़ुश करने के लिए लगातार भागती रहोगी तुम, सिर्फ़ मेरी ही ख़ुशी का तुमने कभी नहीं सोचा।"

"सोचा है...तुम मुझे इतना चाहते हो कि मुझे लेकर हमेशा परेशान रहते हो, मैं जब तक तुम्हारे साथ रहूँगी तुम परेशान ही रहोगे।"

कहकर वह बाज़ार के लिए तैयार होने को उठ गई।

"तुम जो यह सभी लोगों को ख़ुश रखने की सोचती हो न, देखना, न वे ही ख़ुश होंगे और न तुम ही..."

"क्या शाप दे रहे हो..." वह पलटी।

"शाप नहीं, हमारे देश के इस हिस्से की लड़कियाँ बड़ी ही निःस्वार्थ, देवी और बलिदान करनेवाली निकलती हैं। बेचारी जवानी से ही...मर जाती हैं।"

"तो ठीक तो है, दूसरों के लिए कितने हैं जो मर पाते हैं..."

"जिसे तुम बलिदान समझती हो वह मूर्खता है...ठोस, साबुत मूर्खता!"

वह कुछ नहीं बोली, ज़रा चौंकी भी नहीं। थोड़ी देर को वह सन्नाटा मकड़ी के जाले की तरह बुनता रहा ख़ुद को। उसी में वह कंघी करती रही...कंघी करने के बाद उसने फिर एक साड़ी उठाई और बदलने चली गई।

"चलो...वह जल्दी ही लौटी।"

साड़ी रखकर वह आगे आई, झुककर इसके पैरों का वह हिस्सा जो मोज़े के ऊपर कुछ खुला हुआ था चूम लिया उसने। क्या उसकी इन क्रियाओं में कोई क्रम, तुक या सिलसिला था?

"ये सब अब किसी और के लिए रखो...मेरे लिए भी कोई और करने के लिए पधार रही होगी।" मेरे स्वर में कटुता थी।

"एक देवता पर दो फूल चढ़ सकते हैं पर एक फूल दो देवताओं पर नहीं चढ़ता..."

मुझे वह किसी घटिया फ़िल्म या बदनाम किताब का कोई फड़कता हुआ जुमला लगा। ये लड़कियाँ; फ़िल्मी टुकड़ियों और अधकचरे उपन्यासों की कड़ियों में जीती हुई लड़कियाँ...ज़िन्दगी के

लिए उन जुमलों पर लटक जाती हैं। वह क्या शादी ही नहीं करेगी। इसके सिवा उसका समर्पण किसी और को नहीं मिलेगा...या कहीं और विवाह के बाद भी वह इससे यही सम्बन्ध बनाए रखने की सोचती थी...

"यह रहस्यात्मक भाषावली छोड़कर कुछ साफ़-साफ़ और सीधा सोचना शुरू करो..."

यह कुछ तेज़ पड़कर बोला था...आवाज़ के तीखेपन ने उसे चौंकाया इस बार। एक पल को उसकी आँखें उठीं पर वह फिर अपने आप में डूब गई थी जैसे उसका आत्मविश्वास उतना प्रगाढ़ था कि वह यह सब और और भी बहुत कुछ डुबोने की क्षमता रखता था।...कुल मिलाकर उसकी मुद्रा से ऐसा लगा जैसे उस बात को वह दर्जनों बार सुन चुकी है और उसे बड़ा पिटा-पिटाया तर्क समझती है।

उससे और बिगड़कर क्या होता।

इस बार ही नहीं पहले भी अक्सर महसूस किया था कि उसे बदल सकना तो दूर, समझा सकना भी काफ़ी मुश्किल काम था। एक सीमा के आगे जाने से वह इनकार कर बैठती थी। अड़ियल बैल की तरह जमकर खड़ी हो जाती थी एक बिन्दु पर...उसके आगे अगर कुछ था तो विश्वास ही विश्वास...वह जो कुछ कर रही है उससे भी ज़्यादा जो हो रहा है...उस पर। वह शायद विश्वास भी नहीं था...यह उसकी माँ थी, उसकी नानी, परनानी...और बहुत-सी पुरानी स्त्रियाँ थीं जो बस ऐसे ही सामने टुकुर-टुकुर देखते रहना जानती थीं—वह सब जो होता रहा है, जो होगा...जो आकर उन्हें थपेड़े मारेगा...और वे यही टुकटुकी निगाह अपनी लड़की में बसाकर एक शाम बह जाएँगी, डूब जाएँगी उसी सागर में जिसे ताज़िन्दगी

उन निगाहों से देखती रही थीं। अब उस लड़की की बारी होगी...

हो सकता है इस तरफ़ की इन लड़कियों में आख़िर कभी कुछ परिवर्तन आए...पर उसमें कुछ नहीं होना था, यह साफ़ था।

उससे मार-पीटकर शादी कर डाली जाए...कहाँ जाएगी। बाद में माँ-बाप भी ठीक हो जाएँगे...पर तब वह न रहेगी, अपनी ख़ुशी के लिए उसने इतनों को ठेस पहुँचाई यही उसे जीने नहीं देगा...यह भी हो सकता है कि वास्तविकता ही उनके बीच के सारे बर्फ़ को पिघलाकर बहा डाले...

"चलो, मैं तैयार हूँ..." उसने फिर कहा।

"चलिए..."

बाज़ार से उसने ढेरों चीज़ें ख़रीदीं—ओवल्टीन का बड़ा डिब्बा, मक्खन, चीज़, बादाम, काजू-किशमिश, मुनक्के, शहद की बोतल... दो किलो शुद्ध घी का डिब्बा सामने खड़े होकर बन्द कराया। फिर कुछ कपड़े ख़रीदे—बच्चों के कपड़े, घर में हर छोटे के लिए कुछ-न-कुछ। उसकी स्थिति में और कोई होता तो ज़रूर अब तक अपने परिवार और उसके सारे सदस्यों के लिए कटुता से भर गया होता।

लौटते-लौटते पौने नौ बज गए। यह खाने का आर्डर देता हुआ कमरे में आया।

पहले ही वहाँ पहुँचकर वह अपनी अटैची लगा रही थी। स्वास्थ्यवद्र्धक चीज़ें उसने इसके लिए अलग रख दीं—गर्मी में थोड़ा-थोड़ा करके खाना, पर खाते ज़रूर जाना...बादाम को घिसना, पीसना नहीं...रात के दूध में शहद डालकर पीना...बड़े सुबह शहद और पानी भी अच्छा होता है...पढ़ाई तो करोगे ही, स्वास्थ्य का ख़याल

रखना...यहीं रहो, घर बहुत दिन रहने से फिजूल वक़्त बर्बादी होगी...

और भी न जाने क्या-क्या समझाती जा रही थी। यह चुपचाप सुनता रहा। आख़िर इससे न रहा गया।

"कभी-कभी तुम बड़ी ढोंगिन लगती हो...मेरा ख़ून तुम्हारे होने से जितना बढ़ेगा...वह इन चीज़ों से बढ़ जाएगा क्या...

"चलो ढोंगिन ही सही...समझना इन्हीं चीज़ों में मैं हूँ...खिलाई ही है जो काम आती है।"

"और जब ये ख़त्म हो जाएँगी तो..."

"तो मुझे लिख भेजना...मैं आ जाऊँगी..."

वह पागल हो गई थी...यह उकता आया। लगा कि उसके साथ दिन ख़राब गया, ऐसे ही कितने और दिनों की तरह जब यह उससे अलग होकर बेहतर महसूस करता था। उकताहट के ऐसे ही क्षणों में इसे और भी लगने लगता कि जब उसे पूरा एक दिन भी नहीं बर्दाशत कर पाता तो सारी ज़िन्दगी कैसे निबाह सकता है। प्यार के उस चरम स्तर पर ही तो ज़िन्दगी नहीं बिताई जा सकती...और इन चरम क्षणों को काट दें तो फिर क्या फ़र्क़ पड़ता है कि इसके साथ नहीं किसी और के साथ रहना था।

उस तरह यह भी वहीं पहुँचता था जहाँ वह थी। सिर्फ़ रास्ता ज़रूर दूसरा था—जहाँ से चीज़ों को बस होने दिया जाए, देखता रहा जाए...किसी से कुछ फ़र्क़ नहीं पड़ता था।

बेयरा खाना लाया। उसने खाने को मेज़ पर लगाने में मदद की। बेयरा के सामने ही उसने दूसरा सैट एक तरफ़ सरका दिया...उससे कहा वापस ले जाए और एक ही प्लेट में परोसने लगी। बेयरा चला गया।

"लो खाओ..." पहला कौर इसके मुँह तक ले जाते हुए उसने कहा।

"और तुम..."

"मैं भी इसी में खा लूँगी...क्यों, क्या घिन लगने लगी।..."

एक कौर वह इसे खिलाती फिर ख़ुद खाती थी। यह थोड़ा अनमना होकर खाता रहा...कुछ दिनों पहले मेस का खाना और उसके साथ यह खाना...कुछ भी फ़र्क़ आया हुआ नहीं लगता था।

"यह जो लड़ैलती तुम मुझ पर उँडेला करती हो...अब आगे कितने दिन चलेगा..." इसने फिर शुरू किया।

वह पी गई। यह लौटकर फिर वहीं आ रहा था और वह थी कि इन सब बातों से आजिज आई दिखती थी। होली की उस शाम जब उसने पहली बार अपने हाथों से इसे खिलाया था...यह कितना बेताबी से उसकी उँगलियों को होंठों से छूने का इन्तज़ार करता था...बूँदी का प्रसाद जो पहाड़ पर उसने खिलाया था...और इसने उसकी एक-एक उँगली चाटी थी, पूरी-की-पूरी मुँह में घुसेड़कर...तब से यहाँ तक...उसकी उँगलियों और घिसी हुई मेस की चम्मचों में कोई फ़र्क़ नहीं रह गया था। वह इससे पुरानी बेचैनी की उम्मीद भी नहीं करती थी अब, ऐसा लगता था। इसकी उन बातों को मानकर चलती दिखती थी।

आँखें नीची किए वह सिर्फ़ रोटी को तरकारी में भिगोती रही...

"क्यों...?" इसने फिर कुरेदा।

"लो खाओ..."

"क्यों, क्या सोचने का भी मन नहीं करता?"

"शायद..."

"मैं कह रहा था कि ऐसा अब कब तक चलेगा?"

"सोचो तुम...यही सब बेकार का सोचने को बचा है तुम्हारे लिए, जो मर्ज़ी आए सोचते रहो...पर खाते भी जाओ..."

यह खाने में समेट दिया गया। खाना जैसे और सब बातों से ज़्यादा महत्त्व का है...एक तरह से था भी। वह सामने था... और सब बातें नहीं थीं...वे हो भी सकती थीं, नहीं भी हो सकती थीं। जो हुआ था वह तो सिर्फ़ इतना था कि यह एम. ए. करके यूनिवर्सिटी के बाहर जानेवाला था और वह पीछे छूट रही थी। जा यही रहा था...वह तो अब भी उसी जगह थी, अगली जुलाई में भी वहीं होगी।

कमरे में ख़ामोशी थी। उसके चेहरे पर तब कुछ भी नहीं था—उदासी, खुशी...विषाद...कुछ भी नहीं। वह चुप थी। तभी एकाएक वह उचक पड़ी।

"ए, सुनो, पैलेस में 'दिल अपना प्रीत परायी' लगा है, चलोगे...?"

इसने घड़ी देखी, सवा नौ बज रहे थे। जाया जा सकता था। उन बड़ी-छोटी बातों में उलझे रहने से तो यही अच्छा था कि पिक्चर हो आया जाए...एक समय था उसके साथ सफ़र करना, उसके साथ बाज़ार जाना...पिक्चर जाना...क्या बात होती थी!...आज उत्साह बना तो दूसरी तरफ़ से। यह उससे बचना चाहता था।

"चलो, लेकिन यही क्यों...क्या अपनी समस्या सुलझाने जा रही हो?..."

"तुम्हें मतलब...समझ लो मैं मीनाकुमारी को देखना चाहती हूँ बस..."

"अच्छा जल्दी करो फिर..."

उन्होंने खाना जल्दी ही ख़त्म किया...क़रीब-क़रीब खा ही चुके

थे। फिर वह साबुन-तौलिया लेकर बाथरूम चली गई। इसने वहीं गैलरी में हाथ धो लिये।

वह तौलिये से मुँह रगड़ती हुई आई, सेकेंड शो के लिए भी क्या साबुन से मुँह धोना ज़रूरी था!

"अरे तुम तो तैयार भी हो गए!"

"मुझे करना ही क्या है...किसे दिखाना है अब।"

उसका चेहरा फिर उदास हो आया पर जल्दी ही उसने सँभाल लिया।

"देखो, थोड़ी देर को बाहर जाओगे! कपड़े बदल लूँ!"

"ज़रूर..."

यह बाहर निकलकर गैलरी की रेलिंग पर हाथ टेककर खड़ा हो गया। नीचे रोशनी-ही-रोशनी थी और ऊपर के अँधेरे में सुरक्षित यह बड़े आराम से नीचे का रेला देख सकता था। निरंजन के बाहर भीड़ काफ़ी थी...वह फ़िल्म हाल ही में आई थी...इस पार होटल के ठीक नीचे शर्बतवालों के ठेले और पान की दुकानें थीं। झकाझक कुर्ते-पायजामे दोनों पार ही उतरा रहे थे...

"सुनो..." उसकी महीन आवाज़ पीछे से आई।

यह अन्दर आया। उसने कपड़े बदल लिये थे...ताला-कुंजी लेकर दरवाज़े के पास आई और फिर इसके एकदम पास सरक आई, पिघलती हुई आँखों से देख रही थी। वे जब भी कहीं जाते होते, तैयार होकर वह खड़ी होती...यह उसे हल्के से बाँधता...कभी-कभी चूमता भी, जैसे यह सब डिढूला लगाने की तरह उसे नज़र लगने से बचाने के लिए ज़रूरी था।

"अच्छी लग रही हो..." यह चलने को हुआ।

"सुनो...मुझे आँचल उढ़ा दो..."

उसकी आँखों में याचना थी...वह लड़की जिसने हमेशा इसे दिया ही था, वह तब झोली फैलाए खड़ी थी। उसकी आँखों में वह था कि यह टाल नहीं सकता था, वह कुछ भी माँगती। इसने उसकी साड़ी का पल्ला उसके सिर पर डाला...उसका सारा चेहरा उसी क्षण बदल गया...बेहद तरल हो आया था। यह साड़ी को उसके गालों पर चिपकाने लगा, फिर अनायास ही उसे चिपका बैठा...आँखें मूँदे वह बेसुध इसके कन्धे पर सिर रखे खड़ी थी...कि तभी फिर यह पिक्चर के शुरू हो जाने की बाबत सोचने लग गया...

वे जब थियेटर में घुसे तो फ़िल्म शुरू हो चुकी थी। 'शीशए दिल इतना न उछालो' गाना चल रहा था। हॉल में अँधेरा था...सीट पर बैठते ही उसने इसका हाथ अपनी मुट्ठी में कस लिया और ऊपर से अपनी साड़ी से एक तरह उन भिंची हुई हथेलियों को बाँध दिया।

"अच्छी लगती है न तुम्हें..." उसने सामने देखते हुए पूछा।

"कौन...?"

"मीनाकुमारी!"

"ओह...मैं समझा उसकी बात कर रही हो जो मुझे मीनाकुमारी से भी ज़्यादा अच्छी लगती है।"

इसे अपनी शरारत पर मज़ा आया। उस अँधेरे तक पहुँचकर दिन की वह सारी खिचखिच बहती दिख रही थी। बग़ल में बैठी हुई तब वह इसे अच्छी लगने लगी थी। इसकी ऐंठ ख़त्म थी और अब उसे ख़ूबसूरत मानने में इसे कोई शर्म नहीं आई थी।

इंटरवल तक आते-आते सब कुछ लौटकर पुराना हो आया था।

इसके दिमाग़ की सारी कटुता जैसे उसने अपनी मुट्ठी में कसकर निचोड़ डाली थी। वे वैसे ही बैठे सिनेमा देख रहे थे जैसे पहले बैठते थे—कुछ भी नहीं बदला था, न कुछ हुआ ही था...निकट भविष्य में कुछ होनेवाला भी नहीं था। उसकी गदराई बाँह इसके हाथ को लपेटे हुई थी...उन दो हाथों के बीच पसीने की रसीली बूँदों के पतले-पतले तार खिंचते-टूटते रहे थे...इंटरवल होते ही उसने अपनी गिरफ्त छोड़ दी।

हॉल में लोग ज़्यादा नहीं थे। पिक्चर शहर में दूसरी बार आ रही थी और चल भी काफ़ी दिनों से रही होगी। इधर कुछ पता ही नहीं चला था। बालकनी-भर में चार-पाँच लोग थे। इंटरवल में वे थोड़ी देर को बाहर आए थे...लौटते हुए उसने ही पीछे पड़े सोफ़ों पर बैठने को कहा। सीट के नम्बर ज़रूर थे लेकिन बालकनी पर जिसकी ड्यूटी थी वह गिने-चुने लोग होने की वजह से खिसक गया था। वे सबसे पीछे पड़े एक कोच पर बैठ गए। अलग-अलग कुर्सियों के बीच की लकड़ी की चुभन अब नहीं है—यह साफ़-साफ़ महसूस कर रहा था...तब जब उनके बीच में वैसी कोई चीज़ नहीं थी। वह एक आम सोफ़ा का कोच था—नीचे काफ़ी धँसता हुआ... ऊपर ख़ाकी लिहाफ़। यही टाकीज़ था जिसमें सोफ़े थे...इसे याद आया। यह उससे एकदम सटकर बैठ गया—जैसे उनके कन्धों से लेकर नीचे पैर के पंजों तक सभी कुछ चिपका हुआ था...

"तुम तो बस पिक्चर में मस्त हो...मेरा भी ख़याल किया करो..." इसने शिकायत की।

"मैं सोच रही थी कि इस तरह तुम्हारे साथ इस सिंहासन पर बैठे मैं कोई महारानी हूँ..."

"तो क्या नहीं हो...?"

उसका मुँह हल्के-से नीचे को हिला। उस हिलाने में ही उसे ज़ोरों से रोना आने लगा था...जैसे वह ख़याल ही इतना मुलायम था कि उसे छूते ही मन थोड़ा दुखी हो आए, इस ख़याल से कि छूने से ही वह थोड़ा कुम्हला गया होगा। उसे यह छोटी-छोटी बातें बेहद पसन्द थीं और इन्हीं से उसे बड़ी-बड़ी ख़ुशी मिलती थी...पिछले जाड़ों में वह इसे अपनी चचेरी बहन के यहाँ ले गई थी। वहाँ रखी साइकिल निकालकर वह ज़िद करने लगी थी कि यह उसे आगे बिठाकर घुमाए...आगे की सीट पर बैठने के लिए जब यह खड़ी थी तब इसकी बाँहों और साइकिल के हैंडिल का मिला-जुला चक्कर उसके इर्द-गिर्द था—कितना अच्छा है इस तरह तुम्हारी क़ैद में होना... और यों ही रहना...उसने कहा था...रास्ते में चलती साइकिल में ही यह जब उसके मुँह पर झुका था तो उसने ख़ुद अपने होंठों को इसे दिया था...वे बेहद गीले थे...जैसे हाल ही उसने कुछ ठंडा पिया था।

"अरविन्द...इतना मज़ा मैं क्या किसी और के साथ कर सकती हूँ...उसने ज़मीन से उठते हुए कहा था...उतरते-उतरते इसने साइकिल पटक भी दी थी..."

इसने उसकी नाक को पकड़कर थोड़ा-सा हिला दिया ताकि वह अपनी ख़ुशी ही में न रोने लगे। उसने इसे सोफ़े पर और अपने पास सरका लिया और फिर दोनों फ़िल्म देखने लगे। पैरों को टकराते हुए उसने अपने नंगे पैरों से इसके जूते-मोज़े थथोले।

"ठीक से क्यों नहीं बैठते जब इतनी जगह है...जूते-मोज़े उतार लो। हमेशा नाइलान डाटे रहना क्या अच्छा होती है...?"

इसने चुपचाप कहना मान लिया। थोड़ी देर बाद पैर भी ऊपर

कर लिये...फिर सोफ़े पर पसरते-पसरते उसकी जाँघ पर सर रखकर लेट गया और लेटे-लेटे फ़िल्म देखने लगा...उसने इसका सिर अपनी गोद में ले लिया और इसके बालों को सहलाने लगी।

उस अन्दाज़ में फ़िल्म फिर शायद ही कभी देखने को मिली हो। एक वही बात नहीं और भी बातें थीं कि लगता था जैसे उस शहर की हर गली और सड़क में लोगों को पास लाने, उन्हें जोड़ देनेवाली चीज़ें बिखरी पड़ी हैं। प्रेम करने की सहूलियतें वह शहर तब-तब ज़रूर सामने ला खड़ा करता जब हम लड़े हुए होते।

अजीब शहर था!

अकेले घूमिए तो ढलती हुई जाड़े की दोपहर में किसी होस्टल में होती रिकॉर्डिंग की स्वर-लहरी जैसे अन्दर सैकड़ों आलपिनें चुभोती होती, चाँदनी रात रातरानी की ख़ुशबू के सहारे-सहारे पूरे शरीर में एक ठंडी लहर की तरह उतरती चली जाती...ऊपर कहीं तिलमिलाती रह जाती फ़िल्मी गाने की कोई पंक्ति—'ये रात भीगी-भीगी...' या हवा में फडफ़ड़ाता रह जाता उसका म्यूज़िक। अक्सर रात को मेस से खाना खाकर लौटते हुए 'ये वादा करो चाँद के सामने' शहर के उस हिस्से के आसमान पर झूलता होता और प्यार करने की तबीयत हो आती। बस तबीयत ही तबीयत थी वर्ना लड़कियाँ क्या परियाँ थीं, उन्हें लिये हुए पास से रिक्शा भी गुज़र जाए तो ज़िन्दगी बज उठती थी, सारा अस्तित्व हिल जाता था।

यह ख़ुशक़िस्मत था कि इसके लिए उसने वे सारी खाइयाँ पाट रखी थीं जिन्हें वह शहर भीतर-ही-भीतर और खखोरता, जो इसका ही ख़ून पी-पीकर और बड़ी होतीं और घने पेड़ोंवाले उस रूमानी शहर में जिनकी मांसपेशियाँ और भी मज़बूत बनतीं। दो में से एक विरासत तो हर

किसी को मिलती है इस शहर से—कचोटती हुई सर्द ख़ुशबूदार रातों का बोझ या खुमारी-भरे उन सालों के एकबारगी ही उठ जाने का ख़ालीपन। पहली दशा वह है जब शहर आपके सामने पड़ा होता है और दूसरी वह जिसमें वह आपके पीछे है। उस शहर को छोड़ने पर शायद पहली स्थिति से निजात पाई जा सके पर दूसरी में वह भागते हुए आपको लगातार पीछे से ही चोंच मारता रहेगा। किसी भी दशा में आपके सम्पूर्ण को आक्रान्त कर रखने की मजबूर आदत है उसकी। जिनसे उसे विशेष प्यार है—जो उस जैसे ही बने हैं—उन्हें तो ऐसा झकझोरता है कि ताज़िन्दगी याद रखें...

इसका सिर ऊपर खिसकते हुए उसके आँचल के अन्दर पहुँच गया था। अन्दर मांसल उठाव की ठंडक थी, जैसे चट्टानों की छाँह में पड़ा हुआ हो। अँधेरे में माथा गोलाई के हिस्से से टकरा गया और यह झनझना आया। वह हिस्सा बेहद कसा हुआ था। उसने हाथ अन्दर कर सिर्फ़ गाल पर एक चूँटी काटी जैसे इसने वहं सब जानबूझकर किया था। उसके लाड़ ने इसे कुछ और गाढ़े से बाँध दिया। गर्दन के नीचे पड़ा हुआ यह वहाँ की नमी से नहाता रहा... उसके शरीर में जो गंध थी उसका उत्स नीचे ही था...थोड़ी ही दूर...

उसकी क्या चीज़ सबसे ज़्यादा ख़ूबसूरत थी? उसकी आँखें, गाल, बाँहें...होंठ या फिर यह...सभी कुछ...पर यही सबसे ज़्यादा ख़ूबसूरत था जिसे लेकर उस वक़्त उसने इसे छा रखा था। कितना कुछ तो और भी होगा जो अभी तक इसके सामने खुला भी नहीं था। पूरे भूमंडल से भी कितना गुना बड़ा विस्तार होता है एक शरीर का!

आँचल से मुँह बाहर निकाला तो वह फ़िल्म नहीं, इसकी तरफ़ देखती मिली। अपने आँचल से उसने इसके मुँह को पोंछा और

फिर इसकी नाक दो उँगलियों में पकड़कर हिलाई। नारी जाति का सारा ममत्व उस वक़्त उस एक चेहरे पर देख रहा था यह। उससे बड़ी छाया शायद इसके लिए कहीं और नहीं थी...उस तरह उसके साये के नीचे पड़े रहकर यह सारे दुःख झेल सकता है, ऐसा लगा। उसका रूप प्रियतमा से भी बड़ा था...वही रूप जो एक माँ का हो सकता है...वह भी उस वक़्त जब वह सिर्फ़ 'माँ' होती है।

फ़िल्म ख़त्म करके जब वे बाहर निकले तो हल्की बूँदा-बाँदी हो रही थी। कुछ बादल थे जो इधर-उधर से आसमान के एक हिस्से पर इकट्ठे हो गए थे और कुछ देर पहले अपनी एक हल्की बौछार से सड़क को किंछ-भर सके थे। जहाँ धूल थी वहाँ बूँदी जैसी गोल-गोल चीज़ बिखरी पड़ी थी। डामर की सड़कों का कालापन गहरा गया था।

"चलो, पैदल चलते हैं..." उसने कुछ मचलते हुए कहा।

"दिमाग़ ठीक है न...एक बज रहा है...रात का।"

"तो क्या हुआ...कौन ज़्यादा दूर है...?"

वह फिर वही हो आई थी, जिसके लिए यह कुछ भी करना चाहता। वे पैदल चल दिए।

"इस महीने में भी जाड़ा अजीब है न..."

"थोड़ी-सी बारिश हो गई है, हवा ठंडी हो गई..."

"नहीं, तुम साथ हो इसलिए...प्रतिभा कहती थी, प्रेम करनेवालों और बारिश का साथ चोली-दामन का होता है...शुभ होता है..."

"तब हर प्यार पूरा क्यों नहीं हो पाता..."

"पूरा क्या...?" उस तरह से पूरा होने में प्यार प्यार नहीं रह जाता...इसलिए..."

उसका आत्मविश्वास बोल रहा था...वह ख़ुश थी पर उसके नीचे विषाद की पतली रेखा भी साफ़ दिखाई देती थी। हो सकता है वह रेखा सिर्फ़ इसलिए थी कि फ़िलहाल अभी उन्हें अलग होना था...अगले सत्र उस तरह से नहीं रह पाएँगे वे कि जब चाहे मिल लिये...एक फर्लांग का फ़ासला पता नहीं कितने मीलों में बदल जाएगा। शायद यह भी नहीं था...वह इसके लिए क्या-क्या करना चाहती थी...इसे क्या-क्या देना चाहती थी...पर हर जगह सीमाएँ... वक़्त की पाबन्दियाँ...उसकी अपनी सीमाएँ उसके खुले हाथों को बन्द कर देतीं...जो कुछ उँडेलती वह उतना नहीं होता था जितना वह चाहती थी...बहुत कम होता था। अक्सर वह ख़ुद नहीं समझ पाती थी कि वह क्या-क्या देना चाहती थी...क्या करना चाहती है इसके लिए। सिर्फ़ बाहर जो आता था वही था और वह कितना कम था...उन परेशानियों के सन्दर्भ में और भी, जो इसे अनजाने ही उसको लेकर ही बैठती थीं...

"शाल ले आनी थी..." उसने आगे कहा।

"हाँ, वह कुछ और काम भी आ जाती..."

"चलो भी..."

"अच्छा अगर कुछ काम भी आ जाती तो तुम्हारा क्या बिगड़ता।"

"फ़िल्म अच्छी थी...मानते हो न..."

"ज़रूर अच्छी रही होगी...होनी ही थी। जितनी अच्छी चीज़ें हुई हैं मेरे साथ सब तुम्हारे साथ ही। वैसे मैंने यह फ़िल्म देखी नहीं... मैं कुछ और देख रहा था...कहीं और था..."

वह इधर-उधर देखने लगी—यह ऐसी प्यार भरी बातें भी अपनी आम आवाज़ में बोल जाता है। गनीमत, आसपास कोई नहीं था। वे

एक सुनसान सड़क पर मुड़ आए थे...सिर्फ़ रिक्शे घंटी किनकिनाते हुए निकल रहे थे...सिविल लाइन्स का चौक जहाँ प्लाजा की रोशनी का जत्था अब भी चमक रहा था, पीछे छूट गया...वहाँ सिगरेट सुलगाते लोग-बाग अब भी देखे जा सकते थे।

कुछ आगे चलकर...रेलवे लाइन का अन्दाज़ होने लगा...उसके बग़ल-बग़ल से जाकर उन्हें निरंजन के पुल पर आ निकलना था।

"मैं सोचती हूँ...तुम्हारे साथ कुछ भी करना मेरे लिए कितना सुखद होता है और मैं हूँ जो तुम्हें परेशानियों के अलावा कुछ भी न दे सकी।"

"..."

"मैं चाहती हूँ तुम मेरे लिए ऐसे ही असाधारण कुछ बने रहो..."

यह नीचे देख रहा था...काली सड़क...जहाँ-तहाँ बिजली की रोशनी के नीचे शीशे की तरह चमकती थी। ऊपर उनकी धुँधली परछाइयाँ साथ-साथ तैर रही थीं...उनका साथ होना, वक़्त के इस दौर से इस तरह गुज़रना भी परछाइयों के हिलने जैसा ही था...उस मोड़ पर वे ग़ायब हो जाएँगी!

अगले मोड़ से आगे मुख्य सड़क नहीं थी इसलिए वहाँ अपेक्षाकृत अँधेरा था। बिजली के खम्भे थे पर दूर-दूर। वह पास आ गई। उसने फिर इसके हाथ में अपना हाथ गूँथ लिया और ऊपर से साड़ी सं ढक दिया। इससे एकदम सटकर चलने लगी। उसकी साड़ी हवा में फरफराती थी...एक हाथ से वह उसे दाबती इधर-उधर से...वह इससे क़रीब-क़रीब लिपटते हुए चल रही थी।

"हाय, कितना सन्नाटा है!"

"बज भी तो कितना रहा है..."

"अब रिक्शा ले लें..."

"क्यों, क्या थक गईं?"

"नहीं, डर लगता है।"

"डर...?" हाँ, यह जंजीर ज़रूर ख़तरनाक साबित हो सकती है। इसने उसके गले की चेन को हिलाते हुए कहा। उसके गले का हल्का गोरापन अँधेरे में भी दिखाई दे रहा था...चेहरा उसका फिर चमकने लगा था...गालों पर हल्की सुर्खी भी उतरा रही थी। उसकी साँस तेज़ी पर आ गई थी—वह इतना कब और कहाँ चल पाती होगी...वह कुछ मोटी थी तभी इतनी जल्दी हँफाई आ जाती होगी...पर अगर वह थोड़ा मोटी न होती तब भी क्या उसके गाल इतने भरे-भरे होते...उसके सामने का हिस्सा क्या तब भी इतना ख़ूबसूरत होता...

"मीनाकुमारी और राजकुमार दोनों ही एक्टिंग अच्छी कर लेते हैं..."

उसने एक छोटा-सा 'हाँ' कर दिया। वह तब कहीं और थी। यह उस फ़िल्म के बारे में कुछ और कहना चाहता था...इसीलिए सही कि उसका ध्यान थकान और डर दोनों तरफ़ से बँटा रहे...

बीच रास्ते में उसने इसे रोक लिया, हाथ को दबाकर ही।

"क्यों...क्या चप्पल टूट गई?"

"नहीं...थोड़ा रुक जाओ..."

"अभी तो डर रही थीं...थक गईं?"

"नहीं..."

सड़क के बीचों-बीच इसे खड़ा करके वह पास सिमटने लगी। इसने उसे हल्के-से बाँधा...उसने अपना मुँह ऊपर उठाया...इसने उसे धीरे-से चूमा...थोड़ी देर वे वैसे ही बीच सड़क में खड़े रहे...वह इससे

और भी चिपकी जा रही थी...यह सड़क का ख़याल कर कुछ डरने लगा था।

"इस सड़क पर भी हमने अपनी मोहर लगा दी..." जब चले तब उसने कहा, "जब-जब हम-तुम फिर इस शहर आएँगे, इसकी हर तीसरी सड़क पर हमारे चिह्न होंगे...क्यों?"

वह बात उसी जैसी थी। यह कल्पना करने लगा उस शहर की जब यह आएगा और वह यहाँ या इसके पास तो क्या कहीं दूर होगी... इसे हल्की-सी सिहरन हो आई! यह बेहद डरा करेगा...डायमंड जुबली की सड़क का नल जहाँ उन दोनों ने चुल्लू से पानी पिया था, कटरे का पोस्ट ऑफिस जहाँ से वह रोती हुई बाहर निकली थी, इसलिए कि सभी लोग उसे घूर रहे थे...कटरे की ही सड़क, जहाँ वह रिक्शे के एकाएक ब्रेक लगाने की वजह से बाहर सड़क पर लद्द-से जा गिरी थी..., यूनिवर्सिटी से सिविल लाइन्स का रास्ता जहाँ कितनी ही बार रिक्शे में उनकी साँसें एक होती रही थीं..., संगम का मन्दिर, वहाँ की सड़क जहाँ जब भी वे उदास होते जाते थे और भी कितनी जगहें...और चैथम लाइन्स...वह तो छरछराती हुई ही मिलेगी...

पुल के पास वे एकाएक चहल-पहल में उतर आए। रिक्शे-ताँगे, कारें...निरंजन का शो शायद हाल ही छूटा था...

साड़ी बदलकर जब वह कमरे में लौटी तो उसने सीधा पल्ला ले रखा था। सीधा पल्ला इसे बेहद पसन्द था। सामने के उठाव पर पड़ा हुआ साड़ी का तिकोना इसे बहुत अच्छा लगता। उसके समूचे व्यक्तित्व से बड़ी घरेलू गंध निकलती होती। उसका यही घरेलूपन

था जो इसके सारे बिखराव को समेट लेता था।

"सोया जाए!"

"ओ. के. गुडनाइट..." कहकर वह अपनी चारपाई पर पहले जा पड़ी...

यह भी अपने बिस्तर में आ गया, और अगले कुछ क्षणों सिर्फ़ नींद को सोचते पड़ा रहा। दिन-भर की भाग-दौड़ में थकान भी काफ़ी आ गई थी...जो अब महसूस हो रही थी। कुछ क्षण ऐसे ही गुज़र गए। वह भी सोने का सा दिखाती हुई उधर की करवट लिये पड़ी रही। एकाएक उसने इधर को करवट ली और फुसफुसाई...ए...क्या सोने आए हो...कल से सोना खूब...

वह फिर अपनी आम चुलबुलाहट पर उतर आई थी। यह कुछ नहीं बोला तो उसने उठकर हल्के-से इसे एक चूँटी काट दी...

"ए..."

"क्या है..."

"देखो न..."

इसने इधर करवट ली। वह पलंग की पाटी पर झूलती हुई पड़ी थी। उसकी आँखें अँधेरे में चमक रही थीं...

"क्या है...?"

"कुछ नहीं...?"

"कुछ तो नहीं..."

"तुम कुछ नहीं समझते?"

उसे हैरानी हो रही थी। यह पहला मौक़ा तो नहीं था इस तरह साथ रहने का। उनके बीच एक मूक समझौता बराबर रहा है। यह भी उसी जगह शुरू होता था जहाँ से उसकी हर बात शुरू होकर

वहीं तक जाती थी। अगर कुछ हो गया तो उसके पिताजी पर क्या गुज़रेगी...उन्हें धक्का लगेगा!...उस धक्के के ख़याल से ही उसके हर क़दम उठते थे। यों भी जब हम इस तरह अकेले होते थे तब बहुत-सी चीज़ें होती थीं...बहुत-सी बातें होती थीं करने को कि किसी और तरफ़ ध्यान ही नहीं जाता था। आज भी कुछ-न-कुछ चलता रहता।

"तुम्हारा क्या मन करता है?"

"सोने का...तुम भी सो जाओ...कल सामान बाँधना होगा। तुम्हारे होस्टल सामान बँधवाने तो मैं आ नहीं सकूँगा।"

"क्यों आ जाना...कौन तुम्हें अन्दर नहीं ले गई।"

"तब छुट्टियाँ थीं...इन दिनों मुझ जैसी बड़ी चीज़ को कहाँ छिपाओगी?"

"सच, तुम्हारा कुछ जी नहीं करता..."

"क्या करेगा...तुम पास हो, तुम्हारे साथ पिक्चर भी देख आया...यों भी जो-जो मन करता है वह-वह हो जाता है...तो क्यों मन करे..."

वह चुप हो गई, चुप ही पड़ी रही। सामने की बत्तियों में से एक का घेरा जो कमरे की खिड़की से आकर इधर पड़ा हुआ था, छप्प-से बाहर निकल गया। सामने की किसी इमारत का रॉड बुझाया गया था। बाहर सड़क पर ख़ामोशी थी—रिक्शों की किनकिनाहट और ताँगों की कटकट से कभी-कभी टूटती हुई। जैसे शहर का वह हिस्सा दिन-भर की चौकस कड़कड़ाहट के बाद थककर सोने की तैयारी कर रहा था।

इसने आँखें बन्द कर लीं...इधर की करवट पर ही सोने की कोशिश करने लगा। उसकी देह से पलंग पर चरमराहट जब-कब

होती थी...पता चलता था कि वह करवट बदल रही है, उसे नींद नहीं आ रही। सारे इम्तहान यह नींद न आनेवाली कशमकश से गुज़रा था, इसलिए पहचान सकता था...फिर ऐसा लगा कि वह चारपाई से उठी है।

"ऐ...सुनो...सो गए..."

जैसे दूर से आती हुई एक महीन आवाज़। इसने आँखें खोलीं...उस कोने की तरफ़ देखा जिधर उसकी छाया खड़ी थी। कमरे में एकदम अँधेरा अब भी नहीं था। सड़क का थोड़ा-बहुत प्रकाश खिड़की से आता था...फिर भी जिधर वह खड़ी थी वहाँ अपेक्षाकृत अँधेरा ही था। यह उठकर उसके पास चला गया...कि झनझना आया...वहाँ वह नहीं सिर्फ़ साड़ी में लिपटा हुआ उसका शरीर था...उफनता हुआ शरीर। उसकी बाँहें, छातियाँ, जाँघें...सब अलग-अलग उछले हुए थे...वह सफ़ेद साड़ी में नहीं जैसे रुई के बादलों में अनावृत खड़ी थी।

इसे अपनी तरफ़ देखता पाकर उसने अपनी आँखें ज़मीन में गाड़ दीं। लगा यह गहरी नींद में है और कोई सपना देख रहा है...इसकी सारी तटस्थता चूर-चूर हो रही थी। इतनी शर्मानेवाली वह लड़की, जिसने आज तक 'स्लीवलेस' भी नहीं पहना था...जूड़ा भी बाँधा था तो सिर्फ़ एक बार, वह इस तरह...

और आगे जाकर यह उसके एकदम क़रीब पहुँच गया। उसके सामने का जो साड़ी का हिस्सा उठ-गिर रहा था वह रात में समुन्दर की उठा-पटक की तरह ख़ौफ़नाक था।

"तुम मुझे एकवस्त्रा देखना चाहते थे न..."

उस बात को यह भूल भी चुका था...कभी कहा होगा। संस्कृत के उस शब्द का इस्तेमाल करने के लिए ही कह गया होगा...या

वाक़ई यह देखने के लिए कि उसके अंगों का भराव जो कपड़ों को फाड़कर भी बाहर बह निकलता है वह अपने आप में कैसा होगा!

इसने उसके कन्धों को हल्के-से दबाया। साड़ी की एक पतली पर्त वहाँ पड़ी थी...उसके नीचे रेशमी फिसलाव था...नीचे की तरफ़, बाँहों को दबाते हुए यह पानी-पानी हो रहा था...वे बाँहें उसे उसी वक़्त चारों तरफ़ से लपेट लें! मुलायम-मुलायम, भरी-भरी, गोल-गोल...मांसल बाँहें। उसे अपने पास खींचा...वह जम गई थी...यह स्वयं पास खींचा गया...उसका मुँह उठाया...काफ़ी मुश्किल से जब वह उठा तो वहाँ पसीने की बूँदें छिटककर तारों की तरह फैली हुई थीं...उसका चेहरा पसीने से नहा चुका था...

उसके इर्द-गिर्द का सब कुछ एकाएक कितना कोमल हो उठा था। इसने उसके होंठों पर अपने होंठ फेरे, उन पंखुड़ियों की फरकन अलग-अलग महसूस की...फिर सामने से उसे थोड़ा-सा बाँधना चाहा। उस गुलगुले उठाव ने इसे सामने से छुआ फिर धीरे-धीरे वे गोल-गोल फूल इसकी छाती में धँस गए...लटककर यह ऊपर उठता चला जा रहा था...जैसे इसका सारा जीव उन दो फूलों ने अपने में टाँग लिया था। एक छटपटाहट इसके शरीर-भर में तेज़ी से दौड़ रही थी, इसके व्यक्तित्व के रेशे जैसे कट-कटकर अलग-अलग गिर रहे थे—एक के बाद एक...

"तुम कितनी ख़ूबसूरत हो..."

इसने अपनी सिसक स्वयं सुनी। वह क़रीब-क़रीब रो रही थी। उतनी बड़ी काया मोम बनकर पिघली जा रही थी और पिघल-पिघलकर इसके ऊपर चू रही थी...टप...टप...यह साफ़-साफ़ महसूस कर सकता था। इसे अपना सारा-कुछ फिर तुच्छ लगने लगा था।

इसके सामने वह कितनी बड़ी...कितनी ऊँची थी। उसके सामने यह सिर्फ़ सतह पर रेंगता हुआ एक कीड़ा था और वह...समुद्र की भीतरी तह से डुबकी लगाकर निकलता हुआ एक बहुत बड़ा व्यक्तित्व... देवलोक की कोई चीज़। उसकी हर चीज़ कितनी पवित्र थी और उसकी पवित्रता वह ख़ुद तो महसूस करती ही होगी, उसने इसे भी महसूस करा दी थी, पोर-दर-पोर...अलग-अलग झटकों में तो ख़ैर सैकड़ों बार कराई होगी।

उससे लिपटे-ही-लिपटे अपने बिस्तर पर चला आया। वह आई, छुई-मुई की तरह सिकुड़ती-सिमटती, इसी पर गिर-गिर पड़ती। उसे होश नहीं था या वह कुछ और नहीं महसूस करना चाहती थी तब... सिर्फ़ यह था...वह थी...यह वह भी नहीं थे...सिर्फ़ वे थे—'ब्रह्म सत्या जगन्मिथ्या'...इसने उसे बिस्तर पर बिठाया...पीछे की साड़ी एक तरफ़ खिसक गई थी और उसकी पीठ एक कोने से खुल आई थी। चिकनी-चिकनी पीठ का गमकता रंग इसकी उँगलियों को झुलसा गया। इसने फिर उसके नीचे का हिस्सा उठाकर पलंग पर रखा... अगले हिस्से से वह पलंग पर गिर पड़ी...और वहाँ तब वही वह फैली थी...जैसे गाँव के सुनसान पर सितारोंवाली रात तनी होती है। शरीर के चिकनेपन से साड़ी खिसक-खिसक जाती थी, कमल के पत्तों से झरते पानी की बूँदों की तरह...उसकी जाँघों से शुरू करके वह ऊपर तक चूमता चला गया...संसार का सारा वैभव इसके सामने खुला पड़ा था और इसे समझ में नहीं आ रहा था कि क्या करे...

वह थी कि आँखें बन्द किए पड़ी थी...उसके शरीर में बड़ी ही छोटी-छोटी लहरें उठतीं और वे उसी में डूब जातीं...सामने के हिस्से तक आकर इसने आँचल एक तरफ़ फेंक दिया और अपना मुँह

वहीं डाल दिया...उधर से एक गहरी...सिसकी भर यह सुन सका। और फिर डूबता चला गया उस गंध की पर्तों के नीचे...और नीचे... बहुत दूर...गंध उसे जकड़कर नीचे-नीचे खींचती जा रही थी...समुद्र की गहराई तक...

'त्वदीयं वस्तु गोविन्दम्'...वह जैसे नशे में अस्फुट से स्वरों में गुनगुना रही थी। यह कुछ नहीं समझ पा रहा था...समझना और सोचना होता भी क्या है इसके आगे...

माफ़ कर दो 'मेरे देवता...' जीवन हमें भ्रष्ट करे उसके पहले यह पूजा हम कर लें...यही अच्छा है...यही अच्छा है...

वह हल्की सिसकियों में उठ-गिर रही थी।

दो

अगला रिक्शा भी इसके पास से टुनटुनाता हुआ गुज़र गया। ख़ाली था।

वह उस शहर की सबसे ख़ूबसूरत सड़क थी। ज़्यादा लोग नहीं दिखते थे क्योंकि बाज़ार बन्द था। आगे चलकर एक सिनेमा हॉल था, वहाँ ज़रूर कुछ हल्की-सी भीड़ इधर-उधर कलथती दिखती थी। बरामदों पर कहीं किताबें बिछी थीं और कहीं मूँगफली के खोन्चे पसरे हुए थे। गुज़रते लोगों में से इक्के-दुक्के थोड़ी देर को उधर रुकते और फिर आगे बढ़ जाते थे। इसके पास ही पेवमेंट पर चाट का एक ठेला धीरे-धीरे गर्म हो रहा था—लोग रिक्शों, साइकिलों, स्कूटर और मोटरों से उतर-उतरकर ठेले के इर्द-गिर्द इकट्ठे हो रहे थे। अधिकांश गृहस्थ थे जो इतवार की शाम अपनी बीवियों को हवा और बच्चों को चाट खिलाने लाए थे, गो कि चाट पर बच्चों से ज़्यादा मुटल्ली औरतें पिली पड़ी थीं।

उस शहर में इमामबाड़ा देखना और चाट खाना एक ही बात थी।

कुछ मनचले लड़के सड़क के छोर पर साइकिलों पर टिके चाट खाती लड़कियों को छानबीनी नज़रों से देख रहे थे कि उनमें से कौन कितनी जल्दी तैयार हो रही थी।

वह नवाबों, प्रेमियों और रिक्शों का शहर था। वहाँ पहुँचते हुए यह ढेरों मंसूबे बाँधता रहा। पुरानी बातों के टुकड़ों को अपने ऊपर से गुज़ारना इसे लगातार अच्छा लगता रहा था। थोड़ी देर पहले तक इन्तज़ार की ठीक पुरानी जैसी चहलकदमी में भी रस लेता रहा था—सड़क के एक छोर से दूसरे छोर तक, कभी बाएँ-दाएँ भी थोड़ी दूर को चला जाता। मूँगफली भी खाने की कोशिश की थी। थककर एक बार बरामदे में ढिली एम्बेसडर कार के बम्पर पर भी बैठा...और अब उकताकर फिर टहलने और रिक्शों को टटोलने में लग गया था।

सामने एक पीली-पीली-सी भीमकाय बिल्डिंग थी—कोई सरकारी दफ़्तर था जिसके पास ही उसने मिलने को कहा था, शाम साढ़े छह बजे। इमारत के ऊपर एक घड़ी थी जो सिनेट हॉल इलाहाबाद की घड़ी की तुलना में काफ़ी छोटी थी। सवा सात हो रहे थे...इसकी घड़ी में भी वक़्त क़रीब-क़रीब उतना ही था।

यह फिर नये सिरे से आते-जाते रिक्शों को देखने में लग गया। अँधेरा तेज़ी से नीचे गिर रहा था, बत्तियाँ जल चुकी थीं। सड़क पर अँधेरे और पूरे प्रकाश के बीच का धुँधलका था।

बरामदे के किसी कोने से धड़ाक् से निकलकर एक गोल-गोल काया, ने ख़ुद को इसके सामने एकबारगी ही लाकर खड़ा कर दिया। यह सिर्फ़ एक पल को उसे देख सका—उसकी आँखों में पुरानी चमक थी, वही जिसे चेहरे पर बिछाए वह इलाहाबाद में हॉस्टल के बाहर

निकलती थी—जिसमें कोई उसका इतना इन्तज़ार कर सकता है इस जीत की भावना और देर हो जाने का बड़ा ही हल्का पश्चात्ताप—ये दोनों ही मिले होते थे।

ऐसा लगा कि इस दरम्यान कहीं कुछ नहीं बदला था, सिवा इसके कि उसके नीचे का हिस्सा थोड़ा चौड़ा गया था और उसके सिर पर आँचल आ गया था—आँचल जिसे एक बार उसने शौकिया ओढ़ा था, फिर जिसे वह सास-ससुर के सामने इस्तेमाल के बाद खचोटकर नीचे फेंक-फेंक देती थी, जो अब बराबर उसके सिर पर रहने लगा था।

उसे पूरा देखने की तबीयत के बावजूद यह बीच में कहीं अचकचा आया।

"आओ..." यह रिक्शा की तरफ़ बढ़ा।

"कहाँ...?"

"कहीं भी चलते हैं...जहाँ मैं ठहरा हूँ वहीं,...बैठकर बातें करेंगे।"

"कहाँ ठहरे हो...?"

"यहीं आगे एक होटल में..."

वह रिक्शे की तरफ़ इसके पीछे-पीछे घिसटते हुए बढ़ी, कुछ इधर-उधर देखते हुए। अनमने होने का उथला-उथला रंग उसके चेहरे पर उतरा आया था।

"अनिल यहाँ सोया हुआ है, कहीं जग न जाए।"

"तो उसे भी साथ ले लो।"

"नहीं चलो, जल्दी आ जाएँगे।"

कहने को तो उतने ही स्वाभाविक ढंग से यह भी कह गया था कि अनिल को साथ ले लेते हैं...पर इसे अखरा ही था। वह एक

खूँटे से बँधी थी और चाहे जितनी ढीली रस्सी से चली जाती कहीं भी...यह खूँटा उसे खींचे ही रहनेवाला था।

रिक्शे पर बैठकर इसने हुड गिराना चाहा पर वह काफ़ी कसा था।

"यहाँ के रिक्शे इलाहाबाद-जैसे नहीं हैं..." उसने कहा।

इसने कोशिश छोड़ दी। सड़क पर जहाँ-तहाँ लटके सफ़ेद रॉड अब अपनी पूरी चौंध बिखेर रहे थे सड़क के बीचों-बीच ढीली हुई गाड़ियों की एक छोटी-मोटी लकीर थी।

"और कैसी हो...?"

"देख तो रहे हो..."

उसके कपड़े अपेक्षाकृत मैले दिखे। उन दिनों के मुक़ाबले वे थे भी मैले। शरीर कपड़ों से भी ज़्यादा मैला दिख रहा था, जैसे उसने इधर कई दिनों से नहाया नहीं था। वह कुछ काली पड़ गई थी।

"वे लोग हैं..."

"नहीं, कल गए।"

"तो फिर तुम क्या अकेली रहती हो?"

"नहीं, अनिल साथ में है।"

"डर नहीं लगता...?"

"घर के और हिस्सों में किराएदार हैं।"

"यहाँ से घर काफ़ी दूर है?"

"कोई तीन मील क़रीब होगा।"

"कितने दिनों से यों अलग-अलग रह रही हो...?"

"काफ़ी दिनों से...पहले ज़रूर थोड़ी परेशानी हुई थी, अब आदत हो गई है..."

होटल उसी सड़क पर था। होटल का ढाँचा बाहर से उस शहर

और पुरानी इमारतों की तरह का ही था। अन्दर से किसी बिगड़े रईस के मकान जैसा। नीचे अलबत्ता बनावट आधुनिक कर दी गई थी।

की-बोर्ड से चाभी लेते समय रिसेप्शन के लोगों ने इन्हें कुछ शक की नज़रों से देखा। वह शहर कमबख़्त फिर भी छोटा था—उन शहरों में से एक, जो कभी बड़े नहीं होते!

ऊपर जाने के लिए सीढ़ियाँ कुछ ज़्यादा ही थीं। चढ़ते वक़्त इसे हल्की-सी चिन्ता हुई कि उसे हाँफी आ रही होगी, पर वह चली आ रही थी, आराम से। ऐसा लगा जैसे इधर वह कुछ तेज़ चलने लगी है।

कमरे में पहुँचकर इसने उसे पलंग के बग़ल में पड़ी आरामकुर्सी पर बिठाया। दरवाज़ा खुला ही छोड़ दिया—उसको और ख़ुद को दिलासा देने के लिए, एक तरह से। उस एकान्त से आक्रान्त होने की ज़रूरत नहीं थी। सामने एक गोल मेज़ थी और उसके सामने दूसरी कुर्सी पड़ी थी। यह उसका चक्कर लगा पलंग के सिरहाने बैठा, क़रीब-क़रीब उसके बग़ल में।

कमरे का ख़ाका ठीक ही था, यह पहले ही ठीक करके गया था। पलंग पर बेडशीट कायदे से थी—दीवाल से सटी मेज़ पर अटैची बन्द रखी थी, कोई कपड़ा इधर-उधर नहीं पड़ा था। इसकी स्लीपर्स भी एक तरफ़ ही थीं। खिड़की का पर्दा गिरा हुआ था। दूसरी तरफ़ की मेज़ पर लैम्प भी करीने से रखा था—वहीं पर एक-दो किताबें भी पड़ी थीं।

फिर इसने उठकर गोल मेज़ को थोड़ा परे खिसका दिया। उसके पैर फँस रहे थे और फैलाने की तो गुंजाइश ख़ैर क़तई नहीं थी। अब...?

उसकी तरफ़ देखने लगा।

"तुम तो वैसे-के-वैसे ही रहे अरविन्द..." उसी ने शुरू किया।

"तुम भी तो कुछ ख़ास नहीं बदलीं, थोड़ा मोटी ज़रूर हो गई हो।"

निश्चिन्तता के पीछे-पीछे औपचारिकता आ गई थी, जिसे यह काटना चाहता था। इसलिए मोटापे की बात आते ही यह उसकी बाँह को नोच गया। दरअसल न बदलने की बात यह सिर्फ़ प्रतिदान में कह गया था वर्ना उसका बहुत कुछ बदल गया था। उसके चेहरे की सारी चिकनाई सोख ली गई थी एक तरह से। वह चेहरे से बूढ़ी दिखने लगी थी...विवाह के बाद कैसे औरतें चूस ली जाती हैं!

"क्या करूँ..." वह कह रही थी, "माँ-बाप ने पता नहीं, किस फौलाद का शरीर दिया है कि फूलता ही जाता है, वर्ना..."

वह बात हँसने की थी...पर उसकी आँखों से आँसू झरने लगे। उसकी बड़ी-बड़ी आँखों से आँसू पहले की तरह ही झरते थे। यह उसकी चूड़ियों से खेलने लगा।

इमारत की ऊपरी मंज़िल पर वह कमरा एयरपोर्ट के सिगनल-टावर की तरह टँगा था। नीचे सड़क रेंग रही थी, जब-जब किसी गुज़रती कार का हॉर्न ऊपर उठकर खिड़की को छू बैठता था—उस कमरे की खिड़की को जिसके अन्दर ये दोनों पीछे पलटने की कोशिश-दर-कोशिश सोच रहे थे।

"यह तुम्हारे हाथ में दाग़ कैसे पड़ गए..." इसने पूछा।

"..."

"तुमने अपना बिलकुल ध्यान नहीं रखा है..."

"क्या बताऊँ, वह सिसक रही थी—इन लोगों ने क्या दुर्गति की है मेरी...क्या-क्या कलंक लगाए..."

"कलंक तो सीताजी पर लगाया गया था...तुम तो संस्कृत पढ़ती हो..."

"जानते हो, फिर सीताजी वापस भी नहीं लौटी थीं..."

ठीक था। लेकिन वह कहाँ जाए...कहाँ जा सकती है...जाएगी भी नहीं। उसके पति को उनके सम्बन्ध के बारे में पता था और इसको लेकर एक काली छाया उसके वैवाहिक जीवन पर शुरू से ही पड़ चुकी थी। इस सबके लिए ज़िम्मेदार भी यह ख़ुद था, काफ़ी हद तक। इह बार भी छत्ते को छेड़ने चला आया। जैसे दस सालों तक जब्त किए रहा वैसे और आगे भी करता रह सकता था।

उसके हालात गम्भीर दिखते थे...और जो वह इतने दिनों सुनता रहा था कि वह बड़े आराम से है वग़ैरह-वग़ैरह...उस सबके परिप्रेक्ष्य में तो और भी। क्या उसने स्वयं ही अपने हाथ जलाने की कोशिश की थी...

शाम बोझिल बन रही थी। शायद कोई चारा नहीं था। उस बोझ को साथ-साथ महसूस करना ही था...वे जब भी मिलते यही होता।

"अच्छा देखो...तुम्हें कुछ दिखाऊँ..."

यह उठकर अटैची तक चला गया, उसकी उपस्थिति से एकाएक जिस गहराई में डूबने लगा था, उससे उबरकर अपने सामान्य में साँस ले आने के लिए। ऐसा लग आया था जैसे उस गहराई को झेलने की आदत इसकी एकदम ख़त्म हो गई है...और यह फ़िलहाल कम-से-कम उठ-बैठने या चल पड़ने जैसी सामान्य क्रिया से ही उस गहरे-गहरे बनते माहौल को नकार सकता था।

"ये मेरी फ़ोटो...पत्रिका में निकली है..."

अब तक उसने आँसू पोंछ डाले थे।

"यह क्या...तुम भी दिल्ली के मनचले लड़कों की तरह कपड़े पहनने लगे...उसने फ़ोटो की उलटी-सीधी डिज़ाइनवाली क़मीज़ को लक्ष्य करके कहा।

"और यह देखो तुम्हारे फ़ोटो...वक़्त से थोड़ा पीले पड़ गए हैं... तुम्हें याद है, इस फ़ोटो को लेने जब तुम गई थीं तब कितने झगड़े थे हम...और फिर उसके बाद क्या हुआ था?"

उस पर कोई प्रतिक्रिया नहीं दिखी, हो सकता है उसने दबा ली हो। इसकी ज़रूर आकस्मिक इच्छा हो आई कि वह उसी तरह फिर अपने होंठों से इसके होंठों को बन्द कर दे...उसी तरह होंठों से क़रीब-क़रीब इसे खींचते हुए दीवार के उस कोने तक ले जाए... जहाँ पहुँचकर उसे अपने कोट के गन्दे हो जाने का ख़याल आ गया था...और इसने कहा था, कोट उतार लो..."

"क्यों...?"

उसने एक फीकी उँह में बात को एक तरफ़ सकेल दिया। इसे भी हल्की-सी कोंच गड़ी कि यह दस साल पहले की मन:स्थिति दस साल बाद की स्थिति पर ले आने की कोशिश कर रहा था। हो सकता है कि उसे अब यह भी ला रहा हो कि यह अब भी बच्चा है। वह इधर साफ़-साफ़ बातों की अभ्यस्त हो गई होगी।

"चलो चलें...देर हो रही है..."

वह एक छोटी-सी फुदक के साथ उठ खड़ी हुई है। तब उसके चेहरे पर क्षणों पहले के मुर्झाने का नामोनिशान तक नहीं था। खड़े होकर वह कमरे की ताक-झाँक करने लगी...जिधर बाथरूम था उधर भी देखने गई...थोड़ी देर को ड्रेसिंग-टेबिल के पास भी खड़ी रही।

"कमरा अच्छा है...बड़ी अच्छी जगह ठहरे हो, सुना है बहुत बड़े आदमी हो गए हो।"

"एक ही दो दिन तो रहना है।"

"बस...?"

"और क्या...पर तुम चाहो तो रोक सकती हो..."

यह भावुक हो आया! पास जाकर उसके कन्धों को हल्के-से छुआ। वह मुड़ी और फिर अपना सिर इसकी छाती पर रख दिया। इसने बाँधना चाहा, पर वह इतनी बड़ी हो गई थी कि उसके बन्धन में अब नहीं समाती थी।

"चलो...देर हो गई है...अनिल जग गया होगा, उन्हें परेशान करेगा।"

"किन्हें...?"

"भाई साहब को...अरे (वह अलग हो गई) तुम्हें बताना ही भूल गई। इनका कितना सहारा है...ये और चाचाजी न होते तो मैं कब की टूट गई होती। मैंने भाई साहब को अपने-तुम्हारे बारे में सब कुछ बता दिया है। उन्हें मालूम है कि तुम आए हो...इन्हीं को लेकर मुझ पर कितना बड़ा कलंक लगाया गया...अब ख़ैर हमारी-तुम्हारी तो उम्र ही थी पर ये...छह बच्चों के बाप..."

"पर ये भाई साहब हैं कौन..."

"क्यों क्या तुम भी शक करते हो?"

"मैं तुम्हें इतनी अच्छी तरह जानता हूँ कि शक की गुंजाइश ही नहीं..." यह बोल गया।

"वे यहीं यूनिवर्सिटी में हैं, लाइब्रेरी के सेक्रेटरी भी हैं। वहीं ऊपर लाइब्रेरी में तो थी ही मैं, नीचे देखा तुम टहल रहे थे...चलो अब, चाचाजी को छोड़ने जाना है...उनकी ट्रेन नौ बजे है...उनके भी बड़े एहसान हैं मुझ पर, फिर बताऊँगी।"

वह बातें इधर कुछ ज़्यादा ही लपेटकर करने लगी है, यह सोच रहा था। उसका दिमाग़ एक जगह नहीं रहता शायद, यों उसकी

ज़िन्दगी में इसकी अब अहमियत ही क्या थी कि उसके दिमाग़ या मन को बाँध सके। भाई साहब पर ज़रूर वह लौट-लौटकर आती है...उस वक़्त भी सोचती है। जब इसके बारे में ही सोचते होना चाहिए था उसे। उसका समय अनिल की तरफ़ भागता था, उसकी मुद्राओं—सोने, जागने, टट्टी करने पर निर्भर था। जो कुछ बचता था और जिसमें यह उसके पास हो सकती थी...वहाँ वह अपने दिमाग़ में उन्हें ढोने को मजबूर थी जिन्होंने उस पर एहसान किए थे...

दोनों के दरम्यान एक छाया भूत की तरह उग रही थी।

लौटते समय उसने पैदल चलना पसन्द किया।

इसने फिर ग़ौर किया कि वह अब तेज़ चलने लगी थी, जैसे इधर उसने चलने का अच्छा-ख़ासा अभ्यास किया था।

सड़क की बराबरी से चलते हुए पेवमेंट पर भीड़ कुछ ज़्यादा ही हो आई थी। इस बीच या जिस एकान्त से वे उठकर आए थे उसके बाद जो भी मिले वह भीड़ ही लगे। होटल की ही तरफ़ कुछ ही दूर पर बस स्टाप था जहाँ लोग-बाग सिगरेट-बीड़ियों से अपनी प्रतीक्षा को भर रहे थे।

तेज़ चलने के बावजूद वह अक्सर पिछड़ जाती। तब खड़े होकर यह उसका इन्तज़ार करता।

"तो फिर चाचाजी को भेजकर आओगी?"

"कैसे बनेगा...किसके साथ आऊँगी..."

"कहो तो तुम्हारे साथ चल सकता हूँ स्टेशन तक, मुझे तो कोई काम नहीं है।"

"नहीं, क्यों खामखाह...वे लोग फालतू बातें सोचेंगे।"

"सामने नहीं जाऊँगा, बाहर खड़ा रहूँगा।"

वह थोड़ा चिन्ता में पड़ गई।

हवा में हल्की-हल्की सिहरन आ गई थी...शुरू जाड़े की सिहरन से उसकी बाँहों में एक चिकनाहट उतराती दिख रही थी। इसे उसका इन्हीं दिनों इलाहाबाद में काजल लगाकर आना याद आ रहा था।

"कहाँ जाओगे, उधर परेशान होने...उसने जल्दी ही तय कर लिया था।"

"तो फिर...मैं सोचता था कि रात को साथ खाना खाते यहीं..."

"भाई साहब भी जाएँगे स्टेशन...उन्हीं से कहूँगी इधर छोड़ दें... तुम नहीं मिलोगे उनसे...?"

"मुझे क्या करना..."

"मिल लेते, उन्हें तुम्हारे आने का पता तो है ही...अच्छा रहेगा।"

"तुम चाहती हो तो मिल लूँगा।"

"उनसे शाम को खाने के लिए भी कह देना, वे आएँगे नहीं... कहने को हो जाएगा।"

उसकी ज़िद ही थी। यह उसे ज़्यादा तरजीह नहीं दे रहा था। थोड़ी देर को हो आएगा, कहने को ही कहना है तो कह भी देगा।

पुस्तकालय उस जगह के ठीक ऊपर था जहाँ थोड़ी देर पहले टहल-टहलकर उसने दो घंटे निकाले थे। पीछे से सीढ़ियाँ थीं, ऊपर एक मामूली कमरा जिसमें टाट-ही-टाट बिछे थे। एक कोने में कुछ हाल ही की प्रकाशित पुस्तकें बँधी पड़ी थीं, कुछ खुली हुई बिखरी भी थीं। कमरा सीधे गैलरी पर खुलता था, जो मेन रोड के ठीक ऊपर टँगी थी। वहाँ पहुँचकर पहली बात उसे यह खटकी कि वह अगर काफ़ी देर से यहाँ थी तो उसे शुरू से ही टहलते देख रही

होगी। देखकर ही फ़ौरन मिलने के लिए झपट पड़ने की बात दूर वह चुपचाप इन्तज़ार कराती रही थी...तब तक जब वह धैर्य की आख़िरी पंक्ति पर नहीं पहुँच गया और बस जाने ही वाला था।

कमरे के बीचोंबीच टाट पर ही बैठा एक व्यक्ति टाइप पर किटपिट-किटपिट किए जा रहा था। वहाँ जितने थे उनमें वही ऊपर उभरता था...पोशाक वग़ैरह के लिहाज़ से, यों वह सिर्फ़ शुद्ध संस्कृतवाली पोशाक में ही था।

उसने इशारा किया, गो कि बिना बताए ही वह समझ गया था कि यही 'भाई साहब' हैं।

चन्दू ने जब सिर ऊपर किया तब उसने परिचय कराया। इसकी बारी नाम लिया और भाई साहब के लिए बोली—'बताया था।'

इसके लिए एक कुर्सी मँगवा दी चन्दू ने...क्योंकि उसे इसके सूट का ख़याल था।

वहाँ जो और लोग थे उनसे मिलाने की ज़रूरत वह नहीं समझती थी। वे थे भी कुछ उस तरह के लोग जैसे संस्कृत विद्यालयों में आमतौर पर रहते हैं। वह संस्कृत का पुस्तकालय और शायद छोटा-मोटा प्रकाशन-स्थान भी था...पर दिखता वह दोनों में से कुछ भी नहीं था, प्रथमा-मध्यमा की पाठशाला लगता था।

टाट पर ही एक तरफ़ एक बच्चा सोया पड़ा था। आधा पैंट और क़मीज़, कुछ थुलथुल-सा। साँवला था पर नाक-नक्श अच्छे थे। अनिल होगा। उस वक़्त सोते हुए उस मासूम बच्चे पर कुछ तरस ही आया इसे...उसको तंग करके वह पीएच.डी. कर रही है, पर क्या किया जाए। हिन्दुस्तान में हर दूसरा बच्चा ऐसे ही पलता और बड़ा होता है। जहाँ उसकी ज़रूरत नहीं होती उसे सुला दिया

जाता है, जब चलने का वक़्त आया उठा लिया।

कुर्सी लगवाकर भाई साहब फिर टाइप पर झुक गए थे, जैसे वह इसके बारे में काफ़ी जानते थे और जितना जानते थे उससे ज़्यादा जानने की ज़रूरत नहीं समझते थे। उनके टाइपराइटर पर अँधेरा था और वे इतना व्यस्त दिख रहे थे कि लाइट जलाने की भी फ़ुर्सत नहीं मिली थी। अंग्रेज़ी टाइप करते वक़्त वे हल्का-हल्का फ़ख़्र भी महसूस कर रहे थे, ऐसा लगा।

इस बीच एक पैंट-क़मीज़ उधर आया और वे कुछ फुसफुसाने लगे।

"वही लेटर है, हैज़ टु बी कम्पलीटेड टु डे...

वहाँ अंग्रेज़ी बड़े लीचड़ ढंग से उछली। वह भाई साहब के बग़ल में अपने पैरों पर ही कुछ उकड़ूँ बैठी हुई थी तब। एक पर्ची-सी चीज़ पर कुछ लिखकर उसने उन्हें दिखाया भी...भाई साहब कुछ बुदबुदाए...क्या स्टेशन चलने की याद दिला रही थी...या कुछ इसके बारे में कह रही थी...शाम इसके साथ घूमने की आज्ञा तो नहीं माँग रही थी...

"ये किताबें...अन्दर रख दूँ..." उसने आगे पूछा।

"एँ...हाँ..." भाई साहब ने कहा।

फिर वह वहाँ का सामान उठा-उठाकर गोदरेज की आलमारी में रखने लगी। इस बीच उसने एकाध बार इसकी तरफ़ भी देखा जो तब वहाँ उजबक-सा बैठा हुआ था। वह ख़ुश दिख रही थी, उसके बारे में तब यह सोचा भी नहीं जा सकता था कि वह थोड़ी देर पहले रो चुकी है। वह ख़ुश थी कि यह आया था या वह पुस्तकालय का काम ख़ुशी से करके अपने शिष्या होने का धर्म निभा रही थी।

भाई साहब ने टाइप करना छोड़ दिया...बाक़ी सुबह करेंगे। पैंट क़मीज़ ने विदा ली। वह अब टाइपराइटर उठाकर रख रही थी। रैमिंगटन का वह टाइपराइटर कुछ वज़नी था, उसने कुछ वैसे ही उठाया जैसे घर में सिल उठाती होगी। वहाँ एक नहीं...तीन-चार और थे और वह अकेली औरत काम कर रही थी...उस वक़्त पुस्तकालय की मेहरी से ज़्यादा कुछ नहीं लग रही थी, उसके कपड़े तब और भी मैले दिखने लगे थे!

चलते वक़्त उन्होंने एक रजिस्टर में दस्तखत किए—पहले भाई साहब ने, ठीक नीचे उसने अपना नाम लिखा और चमकती आँखों से कलम इसे थमा दी, जैसे वह स्वर्णपदक या पद्मश्री मिलने की सूची थी जो बन रही थी।

सीढ़ी-दर-सीढ़ी लिखे वे तीनों नाम इसे अजीब-से लगे। वह अपने पति का सरनेम इतना आसानी से लिखने लग गई थी जैसे उसे अब तक वह पूरी तरह से ओढ़ चुकी हो। इत्तफ़ाक़, कि भाई साहब का भी तीसरा नाम वही था और वहाँ दोनों सीढ़ियों में वह सरनेम बराबरी से ऊपर-नीचे उछला हुआ था। अक्षरों की मुद्राएँ भी एक-सी बन आई थीं। वहीं नीचे इसका नाम भी पतंग के बेढंगे और कई गाँठोंवाले पुछल्ले की तरह लटक गया था।

नीचे उतरकर वे सड़क के एक छोर पर खड़े हो गए। अँधेरे के ऊपर बिजली की रोशनी अब तक साफ़-सुथरी स्टैम्प की तरह जमकर बैठ गई थी। सड़क क़रीब-क़रीब सुनसान थी, सिर्फ़ इक्के-दुक्के रिक्शे ज़रूर सड़क के सिरों पर जहाँ-तहाँ चिपके दिखते थे। सामनेवाली इमारत अँधेरे में डूबी हुई थी, बाहर गेट पर एक छोटा-सा बल्ब था...और ऊपर की घड़ी का अस्तित्व एकदम ग़ायब था,

कुछ मशीनी गड़बड़ी के कारण या उस बिन्दु से आड़ में आते घने दरख़्तों की वजह से।

"अनिल को लेते चलें..." उसने भाई साहब से पूछा।

"सोने देतीं...यहाँ लोग तो हैं।"

जैसे यह था ही नहीं। उनका प्रोग्राम बन चुका था। यह उम्मीद करना कि वे तीनों स्टेशन के बाबत तय करेंगे, इसे तब अपनी हिमाकत ही लगी।

"नहीं, स्टेशन से लौटकर फिर इनके यहाँ खाने पर जाना है।"

"अच्छा, हाँ...आपको ठहरने वग़ैरह की तकलीफ़ होगी, यहीं पुस्तकालय में ठहर जाइए।

भाई साहब पहली बार इसकी तरफ़ मुखातिब हुए थे, पूरी तरह से।

"धन्यवाद!"

"अरे, ये तो यहाँ होटल में ठहरे हैं, बड़े आदमी हैं, खाने को कह रहे हैं, चाहते थे आप भी आएँ।"

"मैं क्या करूँगा, मैं तो बाहर कुछ खाता ही नहीं।"

"उबला लाना भी तो न मिलता होगा वहाँ..." वह ज़िद कर रही थी।

"हाँ, वह तो है पर उसमें स्वाद क्या आएगा..." वह बोला।

"बस दिखाने लगे ब्रह्मनौती...पैसे बचाने की सोच रहे हो।"

वह चढ़ बैठी, फिर भाई साहब की ही तरफ़ जा खड़ी हुई थी। दोनों को उनकी जातीय चतुरता ने बाँध लिया था और वहाँ खड़े वे इस पोंगे ब्राह्मण पर हँस रहे थे जो स्वयं तब बड़े ही ढीले ढंग से 'हैं हैं' किए जा रहा था।

भाई साहब तैयार हो गए...इतनी जल्दी, इसे विश्वास नहीं हुआ। वे उन्हें भेजकर सीधा होटल आ जाएँगे। उनके पास मोटर बाइक थी।

यह अकेला लौट आया।

वह होटल नवाबों के उस शहर की उन एक-दो जगहों में से था जहाँ अब भी शराब क़रीब-क़रीब खुलेआम पी जा सकती थी। सड़क पर गुज़रते लोग उस इमारत को हिकारत-भरी नज़रों से देखते जैसे वह शहर के बीचोंबीच खुला हुआ ठेका था। बाहर गुज़रते लोगों की चाल वहाँ आकर स्वत: धीमी हो जाती। वे दरवाज़े की खुलक से कुछ झाँकने की कोशिश करते, अन्दर जाते या बाहर निकलते लोगों को ऊपर से नीचे तक देख जाते, उनका हुलिया याद रखने की कोशिश करते। आनेवाले बचाव के सारे उपकरण इस्तेमाल करते...क़रीब-क़रीब दौड़ लगाकर अन्दर घुसते और घुसते ही सुरक्षित हो जाते थे। बाहर आते वक़्त भी इसी तरह हल्की-सी दौड़ में कार या रिक्शों में जा बैठते थे, ताकि कल दिन में उजला चेहरा लिये घूम सकें।

नवाबों के बाद से वह शहर पीछे ही गया था। यों एक प्रान्त की राजधानी बन गया था फिर भी उसकी मानसिक बुनावट सिर्फ़ एक छोटे-मोटे क़स्बे की ही थी। सिनेमा बेशक आम समझा जाने लगा था।

पहले वह ऊपर कमरे में ही पड़े रहने की सोचता था, पर काटने के लिए वक़्त काफ़ी पड़ा था। साढ़े नौ बजे तो ट्रेन ही छूटेगी, उन्हें आने में भी पन्द्रह-बीस मिनट लगेंगे ही रेस्तोराँ में कुछ वक़्त गुज़ारा जा सकता था।

रेस्तोराँ, होटल का डाइनिंग हॉल और बॉर—सब कुछ एक साथ था...गाने, नाचनेवाली रंडी की तरह। रिसेप्शन से होटल के लिए ऊपर चढ़ते थे और सीधा नीचे ही रेस्तोराँ की तरफ़ जा सकते थे। छोटी-छोटी मेज़ें और लाल रंग की कुर्सियाँ...जो सोफ़े

बनते-बनते रह गई थीं। बग़ल में एक पंक्ति में कुछ केबिन थे, परिवारवालों के लिए...पर उन्हें छिपकर पीने के लिए भी इस्तेमाल किया जा सकता था। बॉर के नाम पर हॉल के एक कोने में तिरछा काउंटर था जिसके पीछे एक बड़ी-सी आलमारी शाम को अपनी सारी रंगीनियत में खुलकर हॉल-भर में फैल जाती थी...रोशनी में मुस्कुराती हुई बोतलें...

इसे तब वह आलमारी ख़ूबसूरत लगी। हॉल में ज़्यादा लोग नहीं थे। काउंटर पर बियर पीनेवाला तो ख़ैर कोई नहीं था, कोई फ़ौजी अफ़सर आया होता तो शायद जमता।

एक ही दो केबिन थे जिनके पर्दे खींचे हुए थे, बाक़ी ख़ाली थे। ज़ाहिर था वह जगह जैसी थी वहाँ औरतें सिर्फ़ खाने के लिए नहीं आती थीं। उस आम काम के लिए बाहर दसियों जगहें थीं जो सेफ थीं।

आख़िरी से पहली केबिन में यह घुस लिया। कुछ ऐसा लग रहा था कि वह सिर्फ़ अपने में सिमटे रहना चाहता था तब...क्या करने आया था यहाँ...क्या उम्मीदें थीं...कुछ भी नहीं, फिर निराशा वग़ैरह की बात भी कहाँ उठती थी, पर मन पर बोझ था, शायद सिर्फ़ अकेलेपन की ही वजह से। वह भी क्या करती...भेजने-भाजने का सिलसिला सामने आ पड़ा, वर्ना तो उसे होना ही था इसके पास। बात शायद इतनी साधारण नहीं थी। वही पुरानी बात थी, वह सारी दुनिया के लिए अब भी उसी विनम्र भाव से प्रस्तुत थी और उस पूरी दुनिया में यह भी कहीं आता था!

एक पैग व्हिस्की का आर्डर दे डाला इसने, उस आलमारी की रंगीनियत को इर्द-गिर्द सँजोने के ख़याल से। अच्छा रहता है अगर

आदमी कुछ दिनों के लिए कहीं भाग जाए और नवाब बनकर रह डाले, सारी ज़िन्दगी तो चावल-दाल में रो-रोकर गुज़रना ही है कमबख़्त!

पर वह रंगीनियत सिर्फ़ ख़याली पुलाव था। असलियत थी इसके चारों तरफ़ साँस लेती हुई इसकी अपनी लाचारी, बेबसी, वीरानी। यह सब इधर होना बन्द हो गया था लेकिन आज उससे मिला कि वह सब जैसे फिर पलट आया था...जैसे वह क्रम कभी टूटा ही नहीं था।

उससे अलग होने के ठीक बाद के कुछ महीने काफ़ी मुश्किल से कटे थे...इसे ठीक से नींद नहीं आती थी...कभी-कभी तीसरी रात जाकर नींद पूरी कर पाता था। उससे मुक्त करने की कोशिश में इसने ख़ुद को कई दिशाओं में फैलाना शुरू किया—खेलना, खाना...हँसना-हँसाना। कभी इसे लगता कि शायद कोई दूसरी उससे भी ज़्यादा प्रभावपूर्ण व्यक्तित्व की लड़की उसकी तस्वीर को दाब डाले और इसने छोटी-मोटी फ्लर्टिंग भी की—पर लड़कियाँ आईं, गईं। या वे ही इसे छोड़ गईं या आधी दूर जाकर यही उकता आया। वह ताज़गी और उसके जैसी भावनाएँ कहाँ? कुल मिलाकर वहाँ सिर्फ़ एक सिगरेट पीने और फेंक देने का स्वाद होता था...उस सबके दौरान अकेलेपन के दौरे आते रहते थे। वक़्त के साथ-साथ उन दौरों का अन्तराल ज़रूर तनता गया।

लेकिन अब इसे लग रहा था जैसे वह सब दस साल बाद भी उसी तरह बरकरार था...वे फिट्स अब भी इसके व्यक्तित्व में थे, एक कोने में पड़े हुए, सुलग पड़ने की राह देखते हुए। वह तो अब भी थी...लेकिन उन दोनों के बीच कोई जीवित छाया थी, दैत्याकार

होकर जैसे उस छाया ने इन दोनों को दबाकर उन्हें लेई की छोटी गोली की तरह पिलपिला बना दिया था। उनके बीच कुछ नहीं बचा था, सिर्फ़ वे कहानियाँ थीं जिनमें कोई दैत्य राजकुमारी को उड़ा ले जाता है और किसी जादू के वश में आकर वह उसके प्रभाव में रहने लगती है।

क्या भाई साहब और उसके बीच कुछ था?

'भाई साहब' शब्द तो साफ़ बेमानी दिखता था, यह भी कुछ नहीं था कि इसके और अपने सम्बन्धों के बारे में उसने भाई साहब को बताया था। वह एक ख़ूबसूरत माध्यम रहा होगा, कुछ बात कहने का—शादी के बाद आवारा घूमती अपनी भावुकता के प्रति इशारा करने का।

इसके आगे...?

भाई साहब का आकार...इसने उनको मेज़ पर पसारकर नापना शुरू किया—अधेड़, उम्र कोई पैंतालीस की, शरीर सामान्य, पर अन्दर से अधेड़ों जैसा गद्गद होगा, पेट थोड़ा लटका हुआ, नाभि अन्दर घुसी हुई, सर के बाल ग़ायब थे, होंठ खुरदुरे, दाँत अलग-अलग, बोलने का ढंग शान्त-शान्त, मीठा-मीठा—योगियों और औरतों जैसा...कुल मिलाकर, कुछ नहीं...फिर क्या...?

सम्पर्क के कारण दोनों के बीच कुछ हो सकता है। रोज़-रोज़ का मिलना-जुलना, विवाहितों की सीधी-सीधी बातें, शरीर को लेकर एकदम सीधा कटाक्ष, रोमांसबाज़ी की इधर-उधरवाली बकवास नहीं। वह भी सीधा-सीधा मामला पसन्द करने लगी होगी इधर। रोमांस में काम कम होता है, हल्ला ज़्यादा। यही तो तजुर्बा है जो सिखाता है! छह बच्चों का बाप?

यह भी काफ़ी सुविधा की बात बैठती थी। आते-जाते, चलते-चलाते कोई कुछ अनाप-सनाप नहीं सोचेगा और इसका उस शहर में ख़ास ख़याल रखना पड़ता था। उसके लिए शुरू से ही यह बात काफ़ी वजनी थी। इस सिलसिले में यह भी अच्छा ही था कि भाई साहब उसके दूर के ही सही, सम्बन्धी बैठते थे...और...

और यह कि भाई साहब के मोटरसाइकिल थी।

पर जो इस सब में फिट नहीं बैठता था वह था उस लड़की का व्यक्तित्व। यह तो ठीक था कि इसकी ही तरह उसमें भी कुछ ख़ास क़िस्म के प्यार की उद्दाम लालसा थी, लेकिन विवाह के बाद जिस तरह से उसने इसे काटकर अपने नये जीवन में प्रवेश किया था उससे ऐसा लगता था कि वह हिन्दू नारी अन्दर-ही-अन्दर उस लालसा को कुचलती रहती होगी, इसकी पूजा वग़ैरह के भुलावे में ख़ुद को पाल रही होगी, पति में इसको ढूँढ़ने की चेष्टा या उस तरह की कोई चीज़ भी करती हो सकती थी...

भाई साहब से सम्बन्ध वे क़तई नहीं थे जो यह सोचने लगा था। इसे उसका डाँटना याद आया—क्या तुम भी शक करते हो। हर आदमी शंकालु होता है। कम-से-कम इसे तो समझना चाहिए था!

ज़्यादा-से-ज़्यादा यह हो सकता था कि उसने भाई साहब को जिस जगह पर बिठा रखा था वह बहुत ऊँची थी, इसकी तुलना में तो बहुत ही ऊँची। उसके दिमाग़ की कुछ ज़्यादा ही जगह घेर रखी थी उन्होंने और यह विस्मृति की परिधि की ऊपरी रेखा पर चिपका होगा, हद-से-हद।

फ़िलहाल जो बात सामने थी वह बड़ी ही सीधी-सादी थी। यह अकेला छोड़ दिया गया था और वह चली गई थी, औपचारिकताएँ

निबाहने। उन औपचारिकताओं के सामने यह कुछ भी नहीं था। उस लड़की के लिए बाहर का सब कुछ ज़्यादा महत्त्वपूर्ण था, उसके अन्दर के सभी कुछ से...जैसे शब्दों की दुनिया असल दुनिया से फीकी पड़ती है आख़िर में जाकर।

गिलास ख़ाली हो आया था। दिमाग़ में धुँधलके की पर्त आकर लाहे-लाहे जम रही थी, दूध में खींचती मलाई की तरह। अच्छा लग रहा था। इसने एक व्हिस्की का आर्डर और दे डाला...बहुत साफ़-साफ़ चीज़ों को देखने से तो यही अच्छा था कि इस तरह देखा जाए,...तब उन्हें देखकर हँसा भी जा सकता है। चित-पट कर लिया जाए—देखिए वह आकर भाई साहब के साथ बैठती है या इसके बग़ल में...पति के बग़ल में बैठने की तो बेबसी हो सकती है लेकिन यहाँ तो बात खुली हुई है...इससे ही उसके झुकाव का अन्दाज़ लग जाएगा...

बाहर हॉल में एक मेज़ का 'हू-हा' माहौल में ऊपर उछल रहा था...

"अमाँ, ले भी यार, एक दौर जल्दी से, फिर बॉर बन्द हो जाएगा।"

"घर भी जाना है।"

"अमाँ पीते वक़्त...घर की बात...क्या एक और लेने तक घर कहीं धसक जाएगा।"

"तुमने वह क़िस्सा सुना...कि एक पार्टी में मियाँ-बीवी दोनों गए हुए थे। कुछ दौरों के बाद बीवी ने मियाँ से कहा—डार्लिंग घर चलो, तुम धुत्त हो। मियाँ ने पूछा—प्रिये तुम्हें कैसे मालूम। पत्नी ने कहा—तुम्हारा चेहरा तेज़ी से इधर-उधर हिलता नज़र आ रहा है..."

एक मस्त ठहाका ऊपर घूम गया। उतना अलग बैठे हुए इसे भी मज़ा आ गया। मैनेजर उस शोरगुल से परेशान दिख रहा था। वह बॉर ख़त्म करने की घंटी वक़्त से लगवाने आया था।

"आज फिर से आ गया..." उसने काउंटर के मुख्य बेयरे से कहा।

"जी हाँ, सिर्फ़ साथी नये हैं..."

"कैसे आ गया...?"

"आप मना कर दीजिए...हम बेयरों और गेट-कीपर की कोई परवाह करता है..."

मैनेजर चुप लगाकर मुँह बनाए एक तरफ़ खिसक लिया। वाक़ई कैसे मना किया जाए...या क्या कहा जाए—हँसिए मत, चिल्लाइए मत...अभी थोड़ी देर और बैठेगा तो साला किसी-न-किसी से लड़ पड़ेगा उस दिन की तरह। बेहूदों को पीना नहीं आता...क्या कहा जाए। इस शहर में बॉर भी तो इन्हीं जैसों के बल पर ही चलाया जा सकता है।

क़रीब पौने दस पर वे आए—दोनों।

इसके आगे गिलास देखकर वह कुछ सिकुड़ गई, हॉल में जहाँ से इसे देखा था वहीं से कुछ इस तरह चलने लगी थी जैसे गीली मिट्टी पर चल रही हो। भाई साहब भी थोड़ा-बहुत हिचकिचाए मगर शीघ्र ही उनकी आधुनिकता जाग उठी और वे आकर इसके सामने बैठ गए। वह बिना कुछ सोचे ही उन्हीं के बग़ल में बैठ गई।

"हम ऊपर गए थे, ताला बन्द था..." वह बोली!

"रिसेप्शनिस्ट ने नहीं बताया कि मैं यहाँ हूँ...मैंने उससे कह रखा था।"

"बताया, बाद में। मैंने कहा था, यहीं-कहीं होंगे। नीचे उतरकर हमने पूछा था..." भाई साहब ने कहा।

"चले गए वे लोग...?"

"हाँ, गाड़ी थोड़ी देर में छूटी..."

"देर से ही तो छूटेगी कमबख़्त...मैं जो यहाँ हूँ। अगर मुझे जाना होता तो ज़रूर वक़्त के पहले छूट जाती। ज़िन्दगी में असली बातें पीछे छूटती जाती हैं और इन औपचारिकताओं में हम ज़िन्दगी का कितना बड़ा भाग गँवा बैठते हैं। अब देखिए, मुझे इनसे छह दिन-रात लगातार बातें करने का है और इन्हें...कि एक शाम की भी फ़ुर्सत नहीं है।

यह हँसा। इसे लगा कि उस वक़्त काफ़ी साफ़-साफ़ सोच सकता है और जो उससे भी बड़ी बात थी कि उतना ही साफ़-साफ़ कह सकता था...और क्या किया जाए। जब उसके इर्द-गिर्द यही रहना है कि पति नहीं तो कोई और है चौकीदारी करने को, तो यही ठीक है कि उस तीसरे व्यक्ति को एक किनारे धकेल दिया जाए! सोचे कि वह है ही नहीं, है भी तो ज़िन्दा नहीं है...

उसे इसकी छह दिन-रातोंवाली बात एकदम अच्छी नहीं लगी थी...उसके चेहरे से यह साफ़ ज़ाहिर था, लेकिन तब यह घोड़े पर सवार था और वह सारा गुबार जिसे भरे हुए यहाँ आया था, उसे तभी, उसी वक़्त उगल देना चाहता था। उसे कैसा लग रहा है यह सोचने की फ़ुर्सत एकदम नहीं थी।

"अब इसको ही क्या कहिए साब...कि जब वे बैठे अपने सामने ही बैठे..."

फिर एक खोखली हँसी बाहर फेंककर यह अपनी ही सीट

पर इधर को ठीक उसके सामने खिसक आया। उसने अपने पैर से इसकी टाँग को दाबा, वह एकदम उखड़ रही थी। सामने का चन्दू बन्दा वह एक टुकड़ा ज़मीन ढूँढ़ रहा था जहाँ वह स्वयं को बिठा सके। इसकी हँसी में थोड़ा-बहुत साथ दे रहा था, क्योंकि अब तक बात की कोई नोक ने उसे नहीं छुआ था...पर कब यह उस पर उतर आएगा इसका उसे भी अन्देशा था और वह इसीलिए कुछ घबराया हुआ था।

इसने गिलास का एक और घूँट लिया। हिकारत भरी नज़रों से देखते हुए अब तक शायद वह थक आई थी और इसलिए अब तटस्थ हो रही थी...अकेले होती तो शायद डाँट-भरा लाड़ दिखाती।

"साब...और लाऊँ...बॉर बन्द होने की घंटी हो चुकी है," बेयरे ने आकर कहा।

"तो कैसे सर्व करते हो..."

"आलमारी अभी खुली है...बन्द होने जा रही है..."

"नहीं थैंक्स..." इसे होटल के इन्तज़ाम पर मज़ा आया।

यही काफ़ी था कि उनकी नज़रों से लगातार बिंधते हुए गिलास का बचा-खुचा तत्त्व ही यह अपने गले के नीचे उतार ले जाता। वे मर जाएँगे अगर इसने और मँगा ली।

"और सुनो...इसने बेयरे को पीछे से आवाज़ दी...साब लोगों को खाना।"

"आर्डर हो गया?" बयरे ने पूछा।

"आर्डर मेम साब से लो, आज शाम की ख़ास मेहमान वे हैं..."

बेयरा मीनू लाकर उसकी ही तरफ़ गया। उसने बिना कुछ हो-हल्ला किए आर्डर दे दिया—भाई साहब के लिए सबसे पहले—सूप

उबली सब्ज़ी...फिर अपने लिए एक-दो तरकारी...

"चिकिन वग़ैरह ले सकती हो...मेरी दुनिया में कुछ भी वूज़त नहीं है..."

"नहीं...तुम्हीं खाओ..."

उसने मीनू इसकी तरफ़ सरका दिया।

"मेरे लिए वही वही, जो मेम साब के लिए...आज हम वही खाएँगे जो ये खाएँगी..."

बेयरा हँसकर चला गया। वह इसे तरेरकर देख रही थी। उसकी निगाहों से साफ़ ज़ाहिर था कि दस साल बाद इसके जो कुछ होने की धारणा वह बना रही थी, उसमें नशैलची, पियक्कड़ के गुण सबसे ऊपर बैठ रहे थे। नशे का कोई इलाज उसे समझ में नहीं आ रहा था...याद नहीं होगा, वर्ना शायद नीबू या अचार मँगाकर खिलाती। शायद उस स्थिति में वह बहुत ज़्यादा आत्मीय नहीं दिखना चाहती थी।

"एक साब ने एक दिन कहा कि साब 'लव-अव' क्या होता है, तब जानें जब वे टूथ ब्रश बदल लें। मैंने कहा—जनाब यह तो कुछ नहीं, हम तो एक-दूसरे के चचोरे गए आम चूसा करते थे...

भाई साहब को शर्म आ गई। वह बड़ी कड़ी निगाहों से इसकी तरफ़ देख गई। उसे धक्का लगा था। इस हद तक के लिए वह तैयार नहीं थी। इसका मानसिक सन्तुलन ज़रूर गड़बड़ था और अब वह सिर्फ़ अपने वहाँ आने की ग़लती पर स्वयं को कोस रही थी।

लेकिन यह पूरे होश में था। शाम के अकेलेपन का बचा-खुचा मैल अल्कोहल ने धो डाला था और अब यह वाक़ई नवाब था। वह इसकी हो, न हो। पति की हो, उसकी भी न हो। किसी

की भी हो—इतना ही काफ़ी था कि वह 'वह' थी...जो कभी सिर्फ़ इसकी थी। यह भी काफ़ी था कि उसकी शक्ल 'उस' जैसी थी...'वह'—एक लड़की जो फिर कभी नहीं होगी, कम-से-कम इसके लिए तो कभी ही नहीं—औरत की क़िस्म में पहली और आख़िरी चीज़, वह...जिस पर कम-से-कम इसके लिए औरत की जाति आकर ख़त्म होती थी।

यह उसे बेहद प्यार की नज़रों से देखने लगा, देखते चले जाना चाहता था...जैसे पहले किसी नीचे की सड़क से ऊपर खिड़की पर खड़ी उससे, घंटों आँखें मिलाते चले जाया करता था। इसकी बड़ी तबीयत थी कि वह भी इसे उसी तरह देखे जैसे गर्मी की धूप में भी नंगे पैरों छत पर खड़ी देखा करती थी—या जैसे अपनी गोद में इसका सिर रखकर अपनी सारी मिठास आँखों से इस पर उँडेल डालती थी। यह उसे बिना किसी संकोच के देखे चला जा रहा था जैसे तब वहाँ सिर्फ़ वे दोनों थे...वह पानी-पानी हुए जा रही थी। उसका भाग्य कि बेयरे ने मेज़ पर प्लेटों की खड़ाखड़ शुरू कर दी...

उन दोनों ने अपने-अपने लिए परोसा। भाई साहब का खाना तो एक तरह से अलग से आया ही था। उसने ही अपनी प्लेट में कुछ सलाद वग़ैरह डाला और एक चपाती रख ली। इसने अपनी प्लेट उसके आगे कर दी।

"इसमें भी कुछ डाल दो..."

उसने प्लेट इसके हाथ से छीनकर कुछ ज़्यादा ही ताक़त लगाकर इसके सामने रखा और फिर इसके लिए थोड़ा-थोड़ा सब कुछ परोस दिया। उसने क़हा नहीं पर उसके चेहरे पर गरम-गरम शब्द साफ़-साफ़ उछले हुए थे। ग़ुस्सा उसे पस्त किए डाल रहा था।

क्या यह कहे कि हमेशा की तरह पहला कौर वह अपने हाथ से खिला दे...पर वह बहुत ज़्यादा हो जाएगा। वह प्लेट को नीचे पटक देगी और शायद आत्महत्या की सोचने लगे। भाई साहब तो शर्म से पाताल पहुँच जाएँगे...पर उस शहर आते वक़्त इसने एक नहीं दर्जनों बार सोचा था कि वे अकेले खाना खाएँगे, ठीक पुराने दिनों की तरह, एक दूसरे को खिलाते हुए, छेड़-छाड़ करते हुए, लेकिन उसे जैसे कोई इच्छा ही नहीं है। यह उसकी ही माया थी कि शाम को एक ऐसे औपचारिक डिनर पर आकर लग जाना पड़ा...जहाँ शालीनता सबसे पहले थी। शालीनता की सोचकर इसे याद आया कि डिनर में बातें करते रहना चाहिए। इसलिए इसने अपना रवैया बदलना चाहा। काफ़ी सँभाल-सँभालकर भाई साहब से ही बातचीत शुरू की क्योंकि वह तो चुप थी और चुप ही रहनेवाली थी।

"जाने क्यों मुझे इनका यहाँ अकेले रहना अच्छा नहीं लगा। इन्हें अपने पति के साथ रहना चाहिए।"

"हाँ, बिलकुल ठीक है..." भाई साहब बोले।

एक विवाहिता अपने पति से दूर रहकर बड़ी लाचार तस्वीर दिखती है। इसे कह लीजिए...संस्कार...या फिर हमारी भारतीय औरत बनी ही ऐसी होती है।

"आख़िर, पढ़ना इतना क्या ज़रूरी है...पढ़ना था तो शादी के पहले पढ़तीं। पढ़कर क्या करेंगी—सर्विस...? नहीं, तो फिर पति के साथ रहकर बच्चों की देखभाल करते हुए भी पढ़ती रह सकती हैं। अगर आत्मनिर्भर, स्वावलम्बी वग़ैरह बनने की चाह है तो इसके माने तो यह हुआ कि हमेशा पति से अलग रहने की सोच रही हैं।"

मैं आपसे बिलकुल सहमत हूँ...लेकिन मैं क्या कर सकता हूँ... आप इनसे पूछिए।

भाई साहब कुछ महसूस कर बैठे थे कि उन पर लांछन लगाया जा रहा है। क्या उनकी वजह से वह यहाँ पड़ी हुई थी, पीएच.डी. का सिर्फ़ बहाना था? यह फिर उसी बात पर लाकर पटक दिया गया जिससे भिड़कर यह सिर्फ़ अपना सिर फोड़ता रह सकता था और फिर भी अन्त में इसी निष्कर्ष पर पहुँचता कि यह सब सोचना सिर्फ़ जलने और भुनने की वजह से ही है। यह अब भी उसे इतना चाहता है कि उसे किसी और के साथ देखना सह नहीं सकता।

"क्यों देवीजी...आप कुछ कहेंगी..."

"जानते हो, ये सब बातें जो तुम कह रहे हो मेरी सास मुझसे दर्जनों बार कह चुकी हैं।"

उसने एक ही बार में सारी कसर निकाल ली। उस एक जुमले ने ही इसे चारों खाने चित फेंक दिया। इसे झटका लगा और निश्चित ही थोड़ी देर को उस लबालब आत्मविश्वास के बावजूद सकते में आ गया। उसने उस एक वाक्य में एक साथ कई बातें कह डाली थीं—आख़िर इन दोनों को या किसी को भी क्या अधिकार था कि उसे मेज़ पर रखकर आटे की तरह गूँथा जाए, वे कौन हैं यह सब सोचनेवाले। यह उसके और उसके पति के बीच की चीज़ है, उनकी मर्जी...ये ज़बर्दस्ती के शुभचिन्तक! अपने घर जाएँ और अपनी बीवी-बच्चों के बारे में सोचें...

"और क्या लेंगे...?"

उसके तने हुए 'शट-अप' के बाद अब यही था जो बचता था। अब इसे पश्चात्ताप हो रहा था कि शाम इसके लिए जो आई

थी वह तो थी ही, उसके लिए भी इसने बेकार में ही कड़वी बना डाली। उससे बदला लेना क्या...? इसने बदले की बात कभी सोची भी नहीं पर अनजाने सारी बातें सिर्फ़ ग़लत ही होती चली गई थीं। अब वे सिर्फ़ सलाद, पानी, बेयरा, बिल के इर्द-गिर्द की बातें कर सकते थे। बहुत हुआ तो उस होटल या खाने पर टिप्पणी हो सकती थी और यही हुआ भी पर कोई भी अब ज़्यादा कुछ कहने के मूड में नहीं दिखता था, और तो और यह भी नहीं...

"स्वीट डिश?" इसने फिर से पूछा।

उधर से अब दोनों ने स्वीट डिश के लिए भी मना कर दिया, शायद वे जल्दी उठकर बाहर जाना चाहते थे। इसने खाने पर बुलाकर अतिथियों के लिए आम सत्कार भी नहीं बरते थे।

"तुम तो आइसक्रीम खाओगी...?"

इसने कुछ मुलायम पड़कर उसकी तरफ़ देखा। उसे आइसक्रीम पसन्द थी और होंठों पर सफ़ेद-सफ़ेद चिकनाई लाकर वह जिस तरह जीभ से अन्दर को चाटती थी उससे उसके होंठ एकदम धुलकर चेहरे-भर में उतरा आते थे। उनकी रेखाएँ और गहरा जातीं और उन्हें एक बार अपने होंठों से पोंछ डालने की इसकी बड़ी ज़बर्दस्त तबीयत हो आती थी। वह इसकी कमज़ोरी जानती थी, इसलिए जब-जब इसके सामने आइसक्रीम खाती, कुछ घबराते हुए ही। कभी-कभी तो अपना मुँह आँचल के अन्दर करके खाती थी क्योंकि वह लाख कोशिश करे, उसका खाने का तरीक़ा नहीं बदलता था।

इसका बेहद मन था कि उसके होंठों और जीभ की यह हरकत फिर से देखे...पर उसने अनायास ही मना कर दिया जैसे उसे वह सब कुछ याद ही नहीं था।

उन्हें बाहर छोड़ने आया। भाई साहब ने अपनी मोटर बाइक पर पहुँचकर उसका हैंडिल सँभाला। उनका हाथ बाइक पर इस ढंग से पड़ा कि वह व्यक्ति जो अब तक अन्दर सुटपुट बैठा रहा था, एकाएक वज़नी हो आया हो। यह उसके वज़न के बारे में सोचने लगा—कितना होगा—120 पौंड, नहीं ज़्यादा ही...क्या उससे भी ज़्यादा। उसका वज़न तो ज़्यादा नहीं होगा, थोड़ा मोटी तो पहले भी थी।

"अच्छा साब..." भाई साहब ने हाथ मिलाया।

"धन्यवाद, आप आए।"

"नो प्लेज़र वाज़ माइन..." फिकरा छोड़ते हुए उन्होंने फिर अंग्रेजी की टाँग तोड़ डाली।

"आप फौरन जाएँगे...?" वह पूछ रही थी।

"हाँ, मुझे एक मीटिंग में जाना है, वे इन्तज़ार करते होंगे।"

"नहीं, मतलब मुझे भी चलना ही था।"

"देर हो जाएगी।"

वे टाल गए। मीटिंग का तो बहाना था। दरअसल इसकी उभर-उभर आती प्यास से उन्हें ऐसा लगा कि वे दीवार बनकर दोनों के बीच खड़े हुए हैं। ऐसा लगा कि वे उस पश्चात्ताप को और ज़्यादा नहीं ढोना चाहते थे...और क्या पता अब वे भी छुट्टी चाहते हों—अगर गुरु-शिष्या की बात थी तो शायद अब तक सारे पाठ उसे पढ़ा चुके होंगे—इस तरह मिलना...वग़ैरह-वग़ैरह और अब बड़ी निस्संगता से वे अलग हो जाना चाहते थे।

भाई साहब के जाने के बाद वह फिर खोई-खोई-सी दिखने लगी, जैसे शाम को मिलते ही जब यह रिक्शे की तरफ़ बढ़ा था तब ही आई थी। इसका मन था कि वे कमरे पर चलें और अब

तो निश्चिन्त होकर कुछ बातें हों। अभी तक भाग-दौड़ से ही फ़ुर्सत नहीं मिली...थपेड़ों पर वे बहते रहे थे। अब था मौक़ा कि थमकर उन सारी कड़ुवाहटों को धो डालते जिनमें यह तो शाम से ही और वह यहाँ आने के बाद से ही लगातार झुलसे जा रहे थे।

"अब कुछ मन हल्का हुआ...कितना घुट-घुटा लग रहा था वहाँ।"

उसे शराब से पारम्परिक बू आती है—यह कहना चाहता था। अगर इसे पीते हुए न देखती तो शायद बात इतना न बिगड़ती। यह और नहीं बिगाड़ना चाहता था, इसलिए चुपचाप उसे देखता रहा।

"चलूँगी..." उसने घड़ी देखते हुए कहा, "ग्यारह बज गए हैं, अनिल जग गया होगा तो आफत मचाता होगा..."

"थोड़ी देर बाद चली जाना।"

"नहीं...और देर हो जाएगी तो कोई कुंडी भी नहीं खोलेगा..."

"कौन...तुम तो अकेली हो!"

"नीचे का दरवाज़ा तो एक है...किराएदार हैं, चोरी के डर से वे ताला बन्द कर लेते हैं। यों भी बड़ा सँभलकर रहना पड़ता है... किस दिन कितने बजे पहुँची, सब ख़बर रखते हैं वे लोग।"

इसने उन सब बहानों से तंग आकर रिक्शा बुला लिया। भेजने जाने का मन तो नहीं था पर वहाँ कोई विकल्प ही नहीं था। अच्छा होता अगर वह भाई साहब के साथ ही चली जाती...

रिक्शे में पहले वह बैठी और चुपचाप एक तरफ़ को खिसक गई। उसका यह अन्दाज़ आदतन अब भी हू-ब-हू था। वह मजबूर होकर ही बैठने को कहती वर्ना उसका उस तरह खिसक जाना और बहुत हुआ तो पिघलती आँखों से देखना अपने-आपमें काफ़ी सशक्त

इशारा होता था। बैठती भी वह हमेशा बाईं तरफ़ थी...एक बार ग़लत बैठी तो इसने चलते रिक्शे में उसे जगह बदलने को मजबूर किया था। उस स्थिति में उसका इसमें सिमटना पूरा-पूरा लगता था...इसे भी अपनी बाईं बाँह के बीच भरा-भरा लगता। अँधेरे में इसका उसकी गर्दन में सिर डुबोना और उसका हाथ पीछे तकिया बनकर फैल जाना भी उनके बीच आम क्रियाएँ बन गई थीं...

यह बैठ गया। सड़क में एक किनारे खड़े रिक्शों के अलावा कोई नहीं था...सिर्फ़ बीचोंबीच बत्तियाँ थीं जो तब इसे काफ़ी ज़ोर से चुभ रही थीं।

"बहुत नाराज़ हो..." इसने ही कहा।

"बड़ा अच्छा लगता है न यों ऊटपटाँग बकना..."

"मैं सच बातें ही कह रहा था, बताओ क्या ग़लत कहा। अगर महसूस की गई बातें कहना ग़लत है, तो ठीक है। हाँ, तुम्हारे, यहाँ रहने के बारे में ज़रूर मुझे कुछ भी कहने का अधिकार नहीं था, मैं मानता हूँ।"

"नहीं, यह नहीं...अभी तुम क्या जानो। आम के चूसने वग़ैरह की बात सुनाने की क्या ज़रूरत थी।"

"क्यों, भाई साहब तो सब जानते हैं, तुम्हीं ने कहा था।"

"तो क्या यह सब भी बताया है मैंने।"

"असली बात तो बता ही दी...अब क्या छिपाने का रहा...और अब काफ़ी चुप-चुप रह लिया, अब मैं वही कहता हूँ जो महसूस करता हूँ...अब क्या बचा है खोने को कि डरा जाए।"

"तो जाओ, शहर-भर में ढिंढोरा पीट आओ, आख़िर शालीनता भी कोई चीज़ है।"

मुख्य सड़क पीछे छूट गई थी और रिक्शा एक अँधेरी सड़क में से गुज़र रहा था। वह निर्विकार बैठी हुई सामने देखे जा रही थी, जब-तब रिक्शेवाले को बाएँ-दाएँ को संकेत देती। जहाँ कहीं लोग दिखते उन्हें कुछ गहराई से देखती। यह उसके लिए तब एक तरह से था ही नहीं, था भी तो सिर्फ़ उस शहर में था, अँधेरी सड़क से गुज़रते रिक्शे में नहीं।

"तुम्हारी सारी नाराज़ी मेरे पीने की वजह से है..."

"दिखाना चाहते थे कि पीने भी लगे हो।"

"दिखाना क्या...दिखाकर भी क्या ले लूँगा।"

"ठीक है..."

"उसने एक उसाँस से अपनी लड़ैलती ज़ाहिर की। इसने, उसी क्षण जब वह एक कोने से कुछ नरम पड़ती दिख रही थी, अपना सिर उसके कन्धे पर रख दिया। उसके बालों की जड़ों की ख़ुशबू, इलाहाबाद की रातें...उस गंध की सुरसुराहट के लिए इसके नथुने कब से छरछरा रहे थे।

"अच्छा ठीक से बैठो...यह सब अच्छा नहीं लगता यहाँ..."

उसने इसका सिर क़रीब-क़रीब झिटककर परे कर दिया। सड़क ख़ाली थी। अँधेरा अब भी चल रहा था। उसे डर लग रहा होगा कि कहीं कोई देख न ले। इसे शाम का उसका कहना याद आया—इलाहाबाद के और इस शहर के रिक्शों में फ़र्क़ है!

चौराहे की एक लाट के चक्कर में रिक्शा कुछ तेज़ी से घूमा और फिर इसका सिर उसके कन्धे पर आ गिरा। इसने बज़िद उसे वहीं टिके रहने दिया। इस बार उसने भी हटाया नहीं...पर वह यों बैठी रही जैसे वह जीवित सिर नहीं एक बैग था जिसे कन्धे पर लादे

रहने को वह मजबूर थी। वह व्यस्त थी...बिल्ली-जैसी चौकन्नी... आँखों से रोशनियों, दूर कहीं रेंगती किसी मानवीय छाया या घरों की खुली हुई खिड़कियों को देख रही थी...जैसे उनींदा वह सारा शहर सिर्फ़ उसे ही ढूँढ़ रहा हो।

"अच्छा देखो, घर आ रहा है, ठीक से बैठो..."

यह अलग हो गया पर अपनी हालत पर बेहद ग्लानि हो रही थी...यह क़रीब-क़रीब उसके कन्धे के लिए गिड़गिड़ाया था, उस पर सिर रखे सुबक रहा था। कल का देवता आज का भिखारी बन गया था। वह भी क्या करती...अगर कोई गड्ढा था तो उसे अब वह नहीं भर सकती थी, उसकी दिनचर्या में इतनी फ़ुर्सत ही कहाँ थी...अब कई छोटे-छोटे गड्ढे थे जो उसे मात्र अपनी उपस्थिति से ही भरने थे।

"अब तुम कहोगे औपचारिकताएँ...एक मेरी ननद हैं, वे अस्पताल में हैं। मुझे रोज़ सवेरे उन्हें खाना देने, उनकी देखभाल करने जाना पड़ता है। तुम चाहे कुछ भी सोच सकते हो। मैं कल दिन को एक बजे आज की जगह ही मिल सकूँगी।"

"अपने बारे में तुम बेहतर सोचती होगी...मैं दखल क्योंकर दूँ... सोचता हूँ, अब तुम्हें देख लिया ही है, कल शाम को चला जाऊँ..."

"कहाँ...रिक्शेवाले दाहिनी तरफ़..."

"यहाँ तक आया हूँ तो घर जाकर माँ-बाप को भी देख आऊँ।"

"कल शाम कोई गाड़ी नहीं है...रिक्शेवाले इधर ही रोक दो... बस। हाय...इतनी देर हो गई। वे लोग बड़े ही नाराज़ होंगे।

वह उतरकर बिना पीछे देखे चली गई, एक ईंटों की गली में चप्पलें चटचटाती। शायद घर के पिछवाड़े ले आई थी। इतना डर था उसे किराएदारों का...और अगर है भी तो क्या सिर्फ़ डरने से ही

उसका इतनी देर से आना ख़त्म हो जाएगा। कोई-न-कोई शहर से बाहर आता-जाता रहता ही होगा...अब इसे स्टेशन विदा करने जाना... अब उसका स्वागत करने जाना—उन्होंने उसके लिए यह किया था, फलाँ ने बड़ा सहारा दिया था...

सारा शहर उससे सम्बन्धित था...आधे उसके शुभचिन्तक, हितैषी थे, बाक़ी आधे उसके पति द्वारा छोड़े गए चौकीदार!

बेवक़ूफ़ लड़की!

उसके चले जाने के फ़ौरन बाद इसने जेब से निकालकर एक सिगरेट सुलगाई। जब से वे आए थे, नहीं पी थी। पी नहीं सका था...उसका लिहाज़...पर यह 'पैनी वाइज़ पाउंड फुलिश' वाली बात थी। यही दिक़्क़त थी इसके साथ—बड़ी चीज़ों में लिहाज़ बरतता था। अगर आज उसने व्हिस्की न ली होती तो शायद उसके साथ थोड़ी देर अकेले रह सकता था...पर क्या, उसके लिए पचास और चीज़ें थीं... अनिल...किराएदार...पढ़ाई...रात ज़्यादा...वग़ैरह-वग़ैरह और अगर उसे जाना था तो जाना ही था।...उसकी दुनिया चारों तरफ़ से भरी थी, यह भी किसी एक छोर पर था...फडफ़ड़ाता हुआ एक छोटा-सा भुनगा जो कहीं से आकर वहाँ बैठ गया था और कल ही उड़ जानेवाला था...जब कि वे, और चीज़ें जो थीं, वे रहनेवाली थीं...

पर उसका इस पर अधिकार...अब भी बड़ा मासूम और प्यारा था। उसे ज़रा भी चिन्ता नहीं हुई कि कल यह चला जा सकता है, जानती थी कि नहीं जाएगा।

कुछ डरता हुआ ही कमरे में घुसा। ऐसा लग रहा था कि इसने जानबूझकर फिर उस छत्ते को छेड़ दिया था जहाँ इधर दस साल से बर्रैयाँ शान्ति से जमी हुई थीं। अब चारों तरफ़ भन...भन...,

उन बरैंयों की लगातार चीत्कार और कभी-कभार काट बैठने के बीचोंबीच था यह। नींद ठीक से नहीं आई...थोड़ी देर को झपा भी तो यही सब लगता रहा कि चादर पर ऊपर-नीचे चारों तरफ़ बरैंयाँ-ही-बरैंयाँ हैं, कहीं इसे खखलती हुई, कहीं सिर्फ़ दबकर चरचराती हुई...और ऊपर पंखे की जगह घूम रही है एक न टूटती हुई सामूहिक भन...भन...

सुबह उठा तो सिर में दर्द था। रात ठीक से नहीं सो सका था। कल ठीक से खाना भी नहीं खा पाया था इसलिए भूख भी बेतहाशा लगी थी। अख़बार और चाय का कुछ ज़्यादा ही बेसब्री से इन्तज़ार करता रहा—चाय इसलिए कि सिर के दर्द में कुछ फ़र्क़ पड़ेगा और अख़बार इसलिए कि मस्तिष्क में जो कल की जमी-जमाई उलझनें थीं, उन्हें शायद बाहर की ख़बरें दाब सकें। नहा भी लिया लगे हाथ। ताज़गी महसूस हुई। नाश्ते के लिए नीचे हॉल में गया। वहाँ तब कोई भी नहीं था। कल का वह केबिन भी एक तरफ़ बासी-सा पड़ा हुआ था...कल जो कितना जीवित था आज एकदम उदासीन... मुर्दा। नाश्ते के दौरान कुछ हल्का महसूस करता रहा लेकिन नाश्ते के बाद जैसे ही बाहर छोटे-से टहलाव के ख़याल से निकला, मन पर फिर ख़ालीपन की झिल्ली कुलमुलाती महसूस हुई...वही ख़ालीपन जो कल शाम उनके आने के पहले था।

सर्दी की पहली सिहरन की खुनक धूप में थी। सामने की सड़क एकदम जगी हुई थी—बसें, कारें, रिक्शे...फुटपाथों पर आते-जाते लोगों की भीड़। धूप में उतराती उन सारी वस्तुओं को यह कुछ रश्क से देख रहा था। उन सबमें कोई लय थी, गति की लय।

इसके पास कुछ नहीं था...एक बजे तक यों ही भटकना था...एक बजे के बाद भी भटकाव ही था...उसके साथ...उसके साथ जो होंगे उनके साथ।

एक पानवाले की दुकान पर जाकर अटक गया। पान खाने से शायद कुछ खुश्की कम हो। एक सिगरेट भी लगाई। जब तक पान बना वहीं धूप में खड़े-खड़े कश लेता रहा और दौड़ती सड़क को देखता रहा। सिर का भारीपन अब भी था। शायद थोड़ा चला-फिरी दुरुस्त कर दे और यह अलसाए ढंग से उसी तरफ़ चल दिया जिधर से कल शाम लौटा था...अगले चौराहे तक जाकर लौट आएगा...

दुकानें खुलती जा रही थीं...इतवार के आराम के बाद बाज़ार में ताज़गी थी। यह भी हो सकता है वह सुबह की ही ताज़गी थी। फुटपाथ और सड़कें अपेक्षाकृत साफ़ थे। गुज़रती हुई कारों में से ज़्यादातर धुली हुई थीं। चौराहे पर खड़े कांस्टेबल के कपड़े एकदम झकाझक थे...पर चौराहे के पार बरामदे में वह काली एम्बैसडर कार अब भी ढीली पड़ी थी। उस पर काफ़ी धूल थी...बम्पर पर भी होगी जिस पर कल यह थककर थोड़ी देर के लिए बैठा था।

वहाँ पहुँचकर कुछ ऐसा ख़याल आया कि भाई साहब पुस्तकालय के ऊपर ही रहते हैं...वहाँ तक पहुँचकर ऊपर उनसे मिलने, उनके घर का माहौल देखने की तबीयत भी उतने ही अनायास ढंग से हो आई जैसे इधर को आने की हुई थी।

सीढ़ियों से ही टाइपराइटर की किटपिट सुनाई दी। पुस्तकालय खुला था। उधर ही चला गया। भाई साहब शायद कलवाले पत्र से ही उलझे हुए थे। इसने नमस्कार किया।

उनकी गर्दन सीधी हुई...और...'अहा...हाँ आइए' करके उन्होंने

इसका स्वागत किया। यह उनके बग़ल में ही फर्श पर बिछे गद्दे पर बैठ गया।

"कुर्सी मँगवाता हूँ..."

"क्या ज़रूरत...ये पैंट वग़ैरह पायजामे ही हैं...आप सुबह-सुबह काम पर बैठ जाते हैं। काफ़ी मेहनती हैं। मैं तो बड़ा आलसी हूँ।"

"आलसी सभी हैं...वह तो आज यह एक ज़रूरी काम था...आना पड़ा।"

"कल रात आप लोगों को काफ़ी कष्ट हुआ..."

"कौन-सा कष्ट...कैसा?"

"अब देखिए साब...बड़े शहरों में शराब पीना बड़ी आम बात समझी जाती है, दरअसल शाम को किसी के घर जाइए तो अगर वह पैसेवाला है तो चाय नहीं व्हिस्की चलाएगा...

"हाँ, वह तो है ही।"

"पर यहाँ शराब को लोग बड़ी हिकारत की नज़रों से देखते हैं...जो थोड़ी-सी भी लेता है उसमें और नाली में पड़ जानेवाले में कोई फ़र्क़ नहीं समझते।"

"थोड़ा 'वैल्यूस' में फ़र्क़ तो है ही...फिर यह प्रदेश वैसे भी 'बैकवर्ड' है..."

"मैं नहीं समझता कल मैं इतना बेकाबू था कि बिना सोचे-समझे बके जा रहा था...पर वह यही समझी और बुरा मान गई।"

"अच्छा...ऐसा क्यों...?"

"आपके जाने के फ़ौरन बाद ही उसे पहुँचाने गया," उसके रुख और बातों से ऐसा लगा।

वे टाइपराइटर पर आँखें गड़ाकर देखने लगे, शायद कुछ ग़लत

टाइप हो गया था। ग़लती सुधारने के बाद भी इस बात पर उन्होंने कोई ध्यान नहीं दिया, शायद वह ध्यान देने लायक़ नहीं थी। कुछ क्षणों वे सिर्फ़ ड्राफ्ट से देखते हुए किटपिट करते रहे...पत्र के महत्त्वपूर्ण हिस्से से गुज़र रहे थे, शायद। इसे अपना वहाँ बैठा होना फ़ालतू लगा इसलिए इसने ही फिर छेड़ा।

"वह जो आप कहते थे कि आप भी यही सोचते हैं कि उसे अपने पति के साथ रहना चाहिए..."

"बिलकुल," उन्होंने उचककर कहा, "मैंने तो कितनी बार कहा भी है, समझाया है। लेकिन यह तो आख़िर में उन दोनों का निर्णय है। वे पीएच.डी. करना चाहती हैं..."

"वहाँ भी तो यूनिवर्सिटी होगी जहाँ इनके पति रहते हैं।"

"हाँ है, पर शायद सुविधाओं की बात होगी...इलाहाबाद में तो ड्रॉप ही करके आई थीं, नम्बर भी कैसे थे आपको मालूम होगा। यहाँ आकर फिर से एम. ए. करना पड़ा..."

"तो पीएच.डी. करने का भूत उसे कैसे सवार हुआ...करके क्या होगा।"

"अब यह तो वही बता सकती हैं..."

"क्या सर्विस करने का इरादा है?"

"हो सकता है हो...पर पहले तो यही प्रश्न है कि जिन मानसिक उलझनों में वे रहती हैं उसमें पीएच.डी. भी हो जाएगी और फिर सर्विस मिल जाएगी, यह उससे भी बड़ा प्रश्न है..."

"क्या उलझनें हैं उनकी...?"

"होंगी उन दोनों की कुछ व्यक्तिगत...पर जहाँ पति पत्नी की हर बात पर शक करता हो, जो कहता हो वह सोचता न हो; जो सोचता

हो वह कहता न हो...निर्णयों में पत्नी की सलाह न लेता हो...उस पर फिजूल की निगरानी करता रहता हो...वहाँ कोई भी कह सकता है तनाव तो होंगे ही..."

"लेकिन ऐसा कब तक चलेगा?"

"क्या पता...मेरी तो सिर्फ़ इनकी पढ़ाई में दिलचस्पी है, जो मदद चाहती हैं, जहाँ तक होता है कर देता हूँ...बाक़ी मुझे क्या, गोकि मैं इनका रिश्तेदार हूँ...पर मेरा उनके घर भी आना-जाना नहीं है।"

"वजह...?"

"जो बहुत होशियार हैं उन्हें वजह पैदा करने में कितनी देर लगती है। यों ही हो गया..."

वे फिर टाइपराइटर पर झुक गए। तभी एक फ़ोन आया। उस तरफ़ के कमरे में कोई कर्मचारी था, उसका। भाई साहब ने आवाज़ दी... एक बार..दो बार...पर वह कमरे के ही बाहर मुश्किल से जा रही थी। इसने बुलाने में उनकी मदद की।

फ़ोन पर जब तक 'हाँ...हूँ' होती रही कोई बात नहीं हो सकी। भाई साहब टाइप में ज़्यादा ही व्यस्त हो गए। यह उनके चश्मे, खुरदुरे होंठों और गंजी खोपड़ी से उलझता रहा। फिर वही पुराना सवाल जेहन में उतरा आया—इस शख़्स को उसमें कुछ आम से ज़्यादा दिलचस्पी तो थी ही...वह किस वजह से थी—विद्या-प्रसार... संस्कृत-प्रचार...रिश्तेदारी...तीसरी बात ज़्यादा सही दिखती थी। वह न केवल स्वजातीया थी, घर की ही थी, एक तरह से। फिर उस लड़की में शुरू से ही अपनी तरफ़ लोगों का ध्यान आकर्षित करने, उसे एक बुनियादी दिलचस्पी में बदलने का गुण तो था ही। गुण भी नहीं बेचैनी कहना ठीक होगा—जिसकी वजह से वह जिसके भी

सम्पर्क में आती उसे अपने बहुत क़रीब खींच सकती थी। सवाल सिर्फ़ एक रह जाता था, वह यह कि उनके बीच कहीं शरीर था या नहीं—अगर नहीं था तो सिर्फ़ इसलिए कि इतने वर्षों के वैवाहिक जीवन के बाद उस तरह की इच्छा उन दोनों में से किसी में नहीं बची होगी, अगर था तो बस यों ही आ गया होगा। किसी भी दृष्टि से उस माने में तो नहीं ही था कि वे एक-दूसरे के लिए आकुल हो...हो...उठते। जहाँ तक कुछ होगा ही अगर रिश्तेदारी ने कोई वर्जना उन पर थोप न रखी हो...ऐसा मुश्किल ही था क्योंकि वह शहर उस लड़की की ससुराल था।

"आप आर्यसमाज को मानते हैं?" फ़ोन बन्द होने के थोड़ी देर बाद ही यह पूछ बैठा।

वे सवाल से कुछ चौंक गए थे। उन्होंने अपना सिर टाइपराइटर पर से उठा लिया था और अब इसकी तरफ़ घूर रहे थे।

"क्यों...?"

"यों ही पूछा, आपकी सादा वेशभूषा से आपके पास बैठकर कुछ पवित्रता-सी महसूस होती है..."

वे हँसे...अपनी प्रशंसा से उत्पन्न ख़ुशी उनके दाँतों के बीच की खिड़कियों से बाहर दौड़ती चली आई।

"धर्म को तो मैं मानता ही हूँ, संस्कृत का विद्यार्थी ठहरा...हाँ, किसी धर्म विशेष को नहीं..."

"आपकी दिनचर्या में कोई पूजा वग़ैरह है?"

"वह तो थोड़ा-बहुत चलता ही है...पर आपको यह सब जिज्ञासा क्यों हो रही है?"

"बस ऐसे ही, बात यह है, मैं ठहरा भ्रष्ट व्यक्ति...कुछ कर-धर

पाता नहीं। आप-जैसे लोगों के पास बैठने पर यह हीनताबोध विशेष खटकता है..."

इस बार उन्हें कुछ व्यंग्य की महक आ गई थी, हालाँकि इसने बात को सिर्फ़ लपेट में...उनका कौतूहल दाब देने के लिए ही चटकाया था।

"आप मेरे बारे में क्या सोचते हैं?" यह उन्हें बराबरी का मौक़ा देना चाहता था।

"कुछ नहीं..."

"मेरे अब भी इनसे मिलने के बारे में तो कुछ सोचते ही होंगे।"

"यह आप दोनों जानें, मुझे क्या...?"

"नहीं, मैंने इसलिए पूछा क्योंकि आपको हमारे बारे में सब कुछ मालूम है और एक निष्पक्ष बाहर के आदमी की हैसियत से आप क्या सोचते हैं?"

"मैं व्यक्तिगत रूप से इसे उतना ग़लत नहीं कहता...पर जिस तरह के लोग हैं...इनके पति भी जिस तरह के हैं उससे इनके जीवन में कोई भीषण झंझावात तो आ ही सकता है..."

"यों मेरे न होने से क्या एकदम शान्ति रहती है..."

उनको बात इस बार पूरी-पूरी चुभ गई। झेंप के कुछेक निशान उनके चेहरे पर उभर आए थे। वह उसकी अशान्ति में भाई साहब का जो अपना योगदान था उसे सोचकर था या मात्र बातचीत में पकड़े जाने की वजह से था—कुछ भी कहना मुश्किल था। इतना ज़रूर था कि इसके आने पर उन्हें अब अच्छी-ख़ासी कुढ़न हो रही होगी...अब तक वे इसे वाक़ई मुँहफट और लम्पट समझने लगे होंगे। इस तरह की धारणा बना लेने के लिए पिछली शाम भी इसने उन्हें काफ़ी मसाला दे डाला था।

"शान्ति इतनी सुलभ वस्तु तो नहीं है...पर..."

वे एकाएक रुक गए...शायद कुछ कहते भी नहीं, लेकिन उस समय चुप लगा जाने के लिए विशेष सचेष्ट हो आए होंगे इसीलिए बात को दर्शन की तरफ़ मोड़ने लगे थे। यह बड़ी उत्सुकता से सुन रहा था कि...'पर' के बाद के शब्द आकर उनके जबड़ों में बन्द हो गए और अब वे होंठों पर फडफ़ड़ा रहे थे। भाई साहब ने तपाक से मुँह बन्द कर लिया था जैसे लार बस चूने ही वाली थी और वे सामने का काग़ज़ गन्दा नहीं होने देना चाहते थे।

"आप कुछ कह रहे थे..."

"नहीं तो...मतलब यह कि एक मैंने आपको देखा और जाना है, बाक़ी लोग तो नहीं जानते, मैं आपकी भावनाओं का आदर कर सकता हूँ पर आम लोग तो पिछड़े ही हैं यहाँ..."

"मैं ख़ुद दस साल तक यही सोचते हुए इसके जीवन से बाहर रहा हूँ, अब भी रह सकता हूँ...लेकिन दिलचस्पी तो होती ही है... हो सकता है उसे मेरी ज़रूरत हो..."

वे चुप रहे, जैसे कुछ सुना ही न हो। हो सकता है 'ज़रूरत' की बात पर वे मन-ही-मन हँस भी रहे हों। वह हँसने की बात भी थी...यह ज़माने पहले की बातों पर यों अड़ा खड़ा था जैसे वे स्थायी रहने का ठेका लेकर आई थीं, खुदा के घर से। इस दरम्यान बहुत कुछ हो सकता था—उसका शारीरिक ढाँचा बदल सकता था, रुचियाँ बदल सकती थीं, ज़रूरतें बदल सकती थीं...कुछ भी हो सकता था। ज़रूरत की ही बात थी तो भाई साहब उसके लिए ज़्यादा कुछ कर सकने की स्थिति में थे, उसे जितनी ज़रूरत उनकी होगी शायद ही किसी और की हो।

और यह था कि कुछ भी मानने को तैयार नहीं था—न कुछ बदला था, न वे ही बदले थे...

"लेकिन सवाल यह है कि जब उसका पति नहीं चाहता तो वह क्यों यहाँ पड़ी है...क्यों करती है पीएच.डी. वग़ैरह। आख़िर वह आदमी भी तो कुछ सोचता ही होगा।"

"इसका तो सही उत्तर वही दे सकती हैं..."

भाई साहब अब तक आजिज़ आ चुके थे। ठीक भी था...उस प्रश्न का क्या उत्तर बनता था—वह अपने पति से सहमत नहीं थी, सहमत इसलिए नहीं थी कि अपनी चलाना चाहती थी...इसी से यह बात भी निकलती थी कि वह पति की राय अपनी राय से नीचा समझती थी—वह सही-सही नहीं सोचता या सोच सकता, ऐसा कुछ मानती होगी। वही सही थी इस आत्मविश्वास के पीछे क्या सिर्फ़ उसका व्यक्तित्व था...? किसी और का ज़रूर होगा...किसका हो सकता था भाई साहब के अलावा! यानी इनसे वह बहुत प्रभावित थी—इनके व्यक्तित्व के आगे उसका अपना और अपने पति के व्यक्तित्व धुँधले पड़ जाते थे—और यहाँ से उस बिन्दु तक—जहाँ वह सिर्फ़ भाई साहब की वजह से ही इस शहर में पड़ी हुई थी—कल्पना की कोई लम्बी दौड़ नहीं बनती थी।

अगर ऐसा ही था तो वह ख़तरनाक मोड़ की तरफ़ बढ़ रही थी। तलाक तो नहीं क्योंकि उस इलाक़े में तलाक सोचने का बूता न उसके पति में था, न उसमें था, किसी में भी नहीं था...पर दिमाग़ी स्तर पर भी यों अलग-अलग होना भी तो सम्बन्ध-विच्छेद है। यह रास्ता सिर्फ़ औपचारिक अर्थों को छोड़ और सब अर्थों में परिवार-विघटन की ओर ले जानेवाला था...

वह किसी भी चीज़ की परवाह किए बग़ैर दौड़ी चली जा रही थी...औपचारिकताएँ निबाहने दौड़ती थी—पर जिस एक व्यक्ति—पति के लिए विशेष सचेष्ट रहना चाहिए उसका कोई ख़याल ही नहीं था उसे। ऐसा कैसे हो गया—शुरू में उसने अपनी सारी आन्तरिकता अपने पति की ही तरफ़ लगाई थी...उस एक पुरुष को पाने के लिए उसने अपने देवता को मार डाला था...पर कुछ विशेष हुआ था कि वह अब दोनों से ही मुक्त थी। विवाह का एक सड़ा हुआ बन्धन ज़रूर उसके गले में ढिंगरे की तरह झूलता रहता था...आदतन, जैसे माँग में सेंदुर की भुरभुरी छोड़ी ही जाती थी और वह भी इस कोने से उस कोने तक...

इसने ग़लती की जो आया। उस तरह के सम्बन्ध शायद उसके लिए कब के ख़त्म हो चुके थे, चाहे वे किसी के साथ हों। यह सिर्फ़ एक पूर्वपरिचित था और इस लिहाज़ से चाहता तो कुछ छूटें मिल सकती थीं इसे, पति होने की वजह से एक और आदमी को किसी बड़े स्तर पर मिली हुई थीं...इसके अलावा उसके लिए एक साधारण आदमी और इसमें कोई फ़र्क़ नहीं था...

पहली 'चलूँगा' पर ही भाई साहब ने इसे छुट्टी दे दी। यह कितने दिन और रुक रहा है, वग़ैरह जैसी चीज़ पूछने की दिलचस्पी उन्हें क़तई नहीं रह गई थी। वे बातें जिनसे वे महीनों उलझे रहे थे, न चाहते हुए भी...उन्ही पर लौटकर आना...इस तरह की किताबी बातचीत उन्हें सिवा उकताने के और कर भी क्या सकती थी...और गुस्ताखी की हद देखिए कि दस साल बाद हजरत आए और वह भी एकाध दिन के लिए, जिसमें ये सोचते हैं कि उसकी जीवन-दिशा को एक मोड़ दे डालेंगे!

लौटते समय यह सोच रहा था कि वहाँ सब-के-सब जमे हुए वटवृक्ष थे और यह उनके दरम्यान गुज़रता हुआ पतला धूप का गुबार...जो इधर से आया था और उधर से चला जानेवाला था। यह पूरी आवाज़ से भी चिल्लाए तो उनके बीच अपनी उपस्थिति का बोध नहीं करा सकता था। कल शाम उससे मिलने तक कितना उत्साह था...क्या-क्या मनसूबे थे...अब तक सब कुछ बुझ चुका था...क्या एक बजे उससे मिला ही जाए...क्या होगा...बातें करने को भी कुछ नहीं था जबकि सिर्फ़ पिछली शाम इसने चिल्ला-चिल्लाकर कहा था कि उसके साथ छह दिन-रात बातें करने को हैं इसे...

बाहर चटख धूप की चौंध सड़क से उछल रही थी, वातावरण में उमस थी—थोड़ी-सी बौछार के बाद पड़ती हुई सड़ी गर्मी की—जिसने सुनहरी सुबह को निगल लिया था। इसका मन हुआ रिक्शा कर ले पर शरीर को स्थिर कर देने से मन और हावी हो बैठेगा... फिर फ़ासला भी तो सिर्फ़ एक चौराहे-भर का था।

एक बजे जब वहाँ पहुँचा तो वह आ चुकी थी।

एक उँगली में लड़के को घसीटती हुई वह बरामदे से निकली। उसके चेहरे पर मुर्झानगी थी—परेशानियों की सैकड़ों रेखाएँ बिलबिला रही थीं वहाँ। मुँह एकदम सूखा हुआ, बाल बिखरे थे...उन पर से धूल की पर्त उँगलियों को फेरते ही निकाली जा सकती थी। इसे ग्लानि महसूस हो रही थी।

"साढ़े बारह से इधर-उधर घूमते-घूमते थक गई हूँ, सिर में बड़ा दर्द है—घर जाऊँगी...नहाना है...खाना भी बनाना है।"

अपने-आप में खोई-खोई वह जाने क्या-क्या कहती गई...कितनी

तरह की बातें एक साथ। इससे उसके मस्तिष्क में आरपार दौड़ती, एक-दूसरे को काटती-तोड़ती लकीरों का भान होता था। इसे उससे बेहद सहानुभूति हो रही थी। यह कहना चाहता था कि अब भी उनकी कितनी सारी चीज़ें एक साथ हुआ करती हैं...एक साथ यह सिरदर्द... एक साथ नथुनों से टकराता हुआ यह सूखापन। पहले एक-दूसरे से मिलने की इच्छा, बाहर घूमने की इच्छा, सिनेमा जाने की ख़्वाहिश भी उनकी साथ-साथ होती थी। इसने एक बार उसे कहा भी था कि उनकी प्राकृतिक क्रियाएँ भी शायद एक ही साथ थपेड़े मारती होंगी उनके शरीर को—नींद आने से आलिंगन में बँध जाने की प्यास तक। अगर वे अपने सारे सपने भी याद रख सकते तो उनमें भी काफ़ी हद तक समानता ढूँढ़ी जा सकती थी।

"मुझे तो तुमने एक बजे बुलाया था...तुम जानती हो, तुम्हें इन्तज़ार कराना मुझे अच्छा नहीं लगता। फिर अगर आ गई थीं तो होटल आ सकती थीं।"

"वहाँ क्या...हाय, कितनी थकान है!"

"अच्छा ऐसा करो, चलो होटल चलते हैं...वहीं नहा लेना... वहीं खाना खाना।"

वह हल्के-से हँस गई। इसे भी अपनी मूर्खता का अहसास तुरन्त हुआ...कपड़े क्या वह इसके पहनती—वैसे एक बार इसका कोट पहने-पहने वह जाड़े के चार बजे सुबह इसे बस-स्टैंड पर छोड़ने आई थी...कोट पीछे छूटा जा रहा था...जब बस चलने लगी। तभी उसे ध्यान आया था। बस के लोगों ने वह तमाशा देखा था। बस का ड्राइवर कुछ ज़्यादा ही रसिया था। उस बात को लेकर इसे गुदगुदाता रहा था, रास्ते-भर। इसका मन मिठास से भर-भर आता था।

"नहीं...घर ही जाऊँगी...अनिल का भी करना है अभी।"

उसने धीरे से कहा और बड़ी बेमकसदी से सामने देखने लगी। धूप पर आँखें मुश्किल से ही ठहरती थीं...थोड़ी ही देर में मिचमिचाकर उसने अपनी निगाहें वापस ले लीं। वे तब मुख्य सड़क के नुक्कड़ पर खड़े थे। कोई उसे खुली सड़क पर यों पर-पुरुष से बातें करते देख लेगा इस बात को लेकर उसके चेहरे पर कोई शिकन नहीं थी, जब कि पिछली रात जब उसे देखने के लिए कहीं कोई नहीं था, तब वह ज़्यादा चिन्तित थी...शायद इसलिए कि वह रात थी—रात जो सिर्फ़ पतियों के लिए होती है, वह किसी ग़ैर के साथ थी।

उसके दिमाग़ पर मनों बोझ दिखता था। ऊपर से इसने ख़ुद को लाकर लाद दिया था। उसके चेहरे से लगाकर सारे शरीर-भर में संघर्ष...संघर्ष की रेखाएँ थीं...अस्पष्ट पर गहरी-गहरी रेखाएँ...जैसे वह कुछ भी साफ़-साफ़ सोच न पाने के लिए मजबूर थी। पिछली शाम जो इससे मिलने की चमक उसकी आँखों में उभरी थी और जिसकी वजह से वह रात में भी वही पुरानी इलाहाबाद की अक्खड़ लड़की लगती रही थी अब जड़ से ग़ायब थी। अब जो वह थी उसे थोड़ा-बहुत देखा जा सकता था। वह 'वह' नहीं रही थी। उस मिट्टी पर किसी और ही आकार के निशान थे...हो सकता है उसके पति का ही उतना ज़बर्दस्त अक्स उस पर पड़ा था। उसके देखने का ढंग, बोलने, विक्षिप्त रहने के अन्दाज़...सब कु छ नये थे इसके लिए...और वे सब उसके पति से मेल खाते थे—जितना थोड़ा कुछ इसने उस व्यक्ति के बारे में सुना था।

वह कुछ देर गुमसुम खड़ी रही, फिर बिना कुछ सोचे रिक्शे की तरफ़ बढ़ गई। रिक्शावाला जाने कब से इनकी तरफ़ आशा की

नज़रों से देख रहा था। पहले उसने अनिल को बिठाया, फिर ख़ुद बैठी और फिर सूखा-सा एक 'आओ' इसके लिए कहा।

"कहाँ चल रही हो...?" बैठकर इसने पूछा।

"चलो घर की तरफ़ चलते हैं।"

"सोच लो, मेरे उधर जाने से तुम्हें परेशानी हो सकती है।"

"आँ...नहीं...अभी तो चलो।"

उसने खोये-खोये ही कहा, इस तरह जैसे ज़बर्दस्ती और बड़े ही अनमने ढंग से कह रही हो। उसने रिक्शावाले को चलने के लिए बताया।

"तुम पता नहीं क्या-क्या सोचती रहती हो, पागल हो रही एकदम। मेरे पास होतीं तो ठुकाई करके जो तुम्हारा दिमाग़ टेढ़ा हो गया है उसे सीधा कर देता।"

अनिल, जो अब तक इसकी घड़ी से खेलता रहा था, कुछ चौंककर इसकी तरफ़ देखने लगा कि यह उसकी माँ की पिटाई करनेवाला कौन पैदा हो गया। उसने इशारा किया कि लड़का सब कुछ समझता है और वह ऐसी बातें न करे। तो यहाँ भी बन्दिश। उसके घर जाने पर भी रहेगी, लेकिन इसके पहले कि यह रिक्शे को रोककर उतर जाने को कहता, उसकी महीन भुरभुराहट सुनाई दी।

"यह भी भड़ास निकाल लो...कौन पीटा नहीं है तुमने...क्या कुछ छोड़ा है।"

पता नहीं—वह प्यार दिखा रही थी या बस ऐसे ही कह गई थी जैसे कितनी ही और बातें बिना कुछ ज़्यादा सोचे-समझे कह डालती थी। एक तरफ़ वह उदासीनता, दूसरी तरफ़ इतना लाड़, यह अधिकार देना...ऐसी ही सैकड़ों विरोधी बातों को सोचते हुए उसका

माथा फटता रहता होगा। अगर वह पागल हो गई तो बिना किसी क्रम में ऊटपटाँग बातें बकती फिरती रहा करेगी।

"कल ही देखो तो...क्या-क्या बोलते चले जा रहे थे..."

"क्या बोलता जा रहा था..."

"नहीं अरविन्द...क्या बताऊँ...तुम अपने आपे में बिलकुल नहीं थे, मुझे तो डर लगने लगा था कि उसी तरह बहकते हुए तुम न जाने क्या कह डालो...क्या कर डालो..."

"अच्छा तब तो तुम थरथरा रही होगी।"

"मज़ाक़ की बात नहीं। क्या ज़रूरत थी उनके सामने वह सब सुनाने की। लगे मुझे लेक्चर देने कि यहाँ न रहो...वहाँ रहो...बड़े चले थे मेरे हितैषी बनने..."

"यह मेरी ग़लती थी...लेकिन तुम्हें तो सोचना चाहिए था कि इतने दिनों बाद तुमसे मिलने का मौक़ा मिल रहा है और तुम पहुँचती हो किसी को साथ लेकर।

"अगर तुम यह समझते थे कि भाई साहब कबाब में हड्डी हैं तो तुम्हे पहले बता देना था..."

उसके मुहावरे पर यह दाँत पीसकर रह गया। उसमें अब कबाब-जैसा बचा ही क्या है। अगर वह सिर्फ़ इसके आग्रह पर ही अब मिलने-मिलाने की बातें सोचती है तो एहसान करती है इस पर। वह बात ही कहाँ जब अन्दर से कोई कशिश नहीं। इसे उसी की कही बात याद आ रही थी, जो आज उस पर ही सही उतरती थी। वह ससुराल पहली बार होकर आई थी—सुर्ख लाल रंग की साड़ी और ब्लाउज़ पहने हुई थी, गले में मंगलसूत्र था, माँग लाल थी...ऊपर से नीचे तक सब कुछ लाल था। इसे तब उसके इर्द-गिर्द सभी कुछ

भरा-भरा लग रहा था...और फिर उसके पास यह भी था। एक नाजुक क्षण यह उसके होंठ चूमते-चूमते रह गया...यह अहसास कि वे जूठे हो चुके हैं कहीं, पीछे से आकर चिपक गया था। उस हिचकिचाहट को कैसे दाबता...उसे दुखी नहीं करना चाहता था, क्योंकि उन दिनों वह बड़ी तोड़फोड़ों से यों ही गुज़र चुकी थी। अगर उसे कुछ मिलता था तो यह तब भी हाज़िर था...'जब तुम्हें कुछ नहीं मिलता अब, तो क्या फ़ायदा...' उसने कहा था।

वही बात थी...जब अन्दर से उसका कुछ मन नहीं करता तो इसके कहने से अगर वह रात में इसके पास रहने के लिए भी आ जाए तो क्या...

"यह घड़ी मुझे दे दो, अंकल..." अनिल कह रहा था।

"बाँध दूँगा बेटे, अभी रिक्शे में गिर जाएगी।"

"अंकल, तुम्हारा घर कहाँ है?"

"कहीं नहीं।"

"क्या...कहीं घर ही नहीं है..."

"सच, कहीं नहीं है।"

"कह क्यों नहीं देते, यहीं है," वह फुसफुसाई।

"पर क्या घर यहीं है मेरा..."

"तुम जानो...पर उससे तो कह दो..."

इसने कह दिया। इसके चेहरे पर एक सिनिकल मुस्कान तैर रही थी जिसे यह तब छू भी सकता था। क्या तमाशा था—अभी तक यही तय नहीं था कि यह उसके पास कितनी देर और रहनेवाला है। जा तो वह घर की ही तरफ़ रही थी लेकिन इसका ही कुछ निश्चित नहीं था—उसे भेजकर ही लौट आना था या उसके पास

बैठना था। उसकी मुद्रा से कुछ भी इशारा नहीं मिलता था। यह भी कुछ नहीं पूछना चाहता था। अगर वह 'जो कुछ हो, होता चले' के अन्दाज़ में चीज़ों को लेना चाहती थी तो यह भी वैसा ही कर सकता था।

आगे कुछ दूर तक कोई बातचीत नहीं हुई—उसकी आँखों में थकान और भी ज़्यादा उभर आई थी और वह बस सामने देखे जा रही थी। यह गुज़रते मोड़ों को देख रहा था।

"देखो...मैं यहीं आगे उतर जाती हूँ। सब्ज़ी लेकर पैदल जाऊँगी। उधर देखूँगी, अगर कोई नहीं होगा इधर-उधर तो खिड़की का दरवाज़ा खोलूँगी...तुम आ जाना। अगर नहीं, तो शाम को छह बजे उसी जगह पर जहाँ से आए हैं..."

रिक्शे को रोककर वह उतर गई और अनिल को साथ लिये एक गली में चली गई। इसने एक दुकान पर रिक्शे को देने के लिए पैसे भुनाये—रिक्शे के पैसे देने के लिए सिगरेट-पान की ही दुकान पर खड़े होने का अन्दाज़ आदतन वही था...इलाहाबाद में वे जाने कहाँ-कहाँ चक्कर लगाते रहते थे, रिक्शेवाले को हमेशा शिकायत रहती थी—और दोनों को ही न वक़्त याद रहता था, न फ़ासला जो तय किया गया। पहले उसे होस्टल में उतारना पड़ता था। वर्ना रिक्शेवाला वहीं हल्ला मचाकर हंगामा खड़ा कर देता। रिक्शेवाले से अक्सर यही सड़क पर निपटता था—एकदम पैसे भी नहीं उलीच सकता था, क्योंकि तंगई रहती थी इसलिए थोड़ा-बहुत शोर-शराबा होता ही हर बार। पहले कोशिश करता कि रिक्शेवाले का मुँह बन्द हो जाए। जब यह नामुमकिन दिखता तो होस्टल के गेट पर उतरकर अन्दर कमरों में ग़ायब हो जाता था।...रिक्शेवाला थोड़ी देर गरियाता,

फिर चला जाता था। शुरू में इस खेल में इसे काफ़ी रस आता था, उसे सुनाया तो वह बिगड़ पड़ी थी—'ग़रीबों का दिल न दुखाया करो, इनकी हाय बुरी होती है।'

क्या वही हाय पड़ गई थी उन पर?

पैसे चुकाकर वह सिगरेट के कशों में ख़ुद को सुस्थिर करता रहा। वह एक बड़ी-सी गली थी जिसके एक तरफ़ मकान और छिटपुट गलियाँ थीं, दूसरी तरफ़ सपाट कूड़ा-मैदान था, छोटा-सा। इसी मैदान में एक आम जनाना और मर्दाना भी बना हुआ था। इस तरफ़ एक बस ढिली पड़ी थी...जल्दी ही वह आगे बढ़ गया और सड़क के खम्भे के पास खड़ा होकर उसके घर को टटोलने लगा।

कोई सौ गज की दूरी पर लाल ईंटों के मकान की एक मटमैले रंग की खिड़की खुल रही थी, पर उसकी छाया थी।

यह उस तरफ़ बढ़ गया। मकान की जड़ पर पहुँचते ही रास्ते के बारे में परेशान दिखा कि तभी उस खिड़की से उसने ज़ीने की तरफ़ इशारा किया।...उसका चेहरा पैना हो आया था, वह तभी से खड़ी-खड़ी इसे आते हुए देख रही थी।

ज़ीना कच्चा था, थोड़ा इधर-उधर से भसकता हुआ। हाल ही में लीपा गया था। सीलन काफ़ी थी रास्ते में। थोड़ी दूर आगे चलकर एक तरफ़ को पाखानानुमा कोठरी भी थी।

यह क़रीब-क़रीब दौड़ता हुआ ऊपर पहुँचा। वह दरवाज़े पर ही मिल गई। दरवाज़ा बैठक में ही खुलता था—वहाँ एक तख़्त, पुराने सोफ़े और कालीन वग़ैरह थे। ऊपर से मकान पुराने रईसाना ढंग का था—इतना बड़ा कि जिसकी देखभाल इस ज़माने में मुश्किल थी और जहाँ सिर्फ़ पुराना भारी-भरकम फर्नीचर ही चलता रह सकता था।

यह जानबूझकर कोच पर बैठ गया ताकि यह भी इसके बग़ल में ही आकर बैठे...पर उसने सामने दीवान-जैसी चीज़ पर बैठना पसन्द किया। वहाँ से एक नज़र वह आँगन पर भी रख सकती थी।

"क्या खाओगे..." उसने पूछा।

"कुछ नहीं...बस तुम बैठी रहो...हाँ, अनिल के लिए कुछ बनाना हो तो बना लो—तुम भी तो भूखी होगी।"

"मुझे क्या...अनिल को अभी दूध दे देती हूँ..."

"तुम्हें नहाना था न...?"

"नहा तो सवेरे ही लिया था, उस समय लग रहा था कि नहा डालूँ।"

"तो फिर सिर्फ़ बैठो...मेरे पास।"

"एक मिनट..."

वह अन्दर गई। यह उस लम्बे-लम्बे कमरे को देख रहा था... वह उस शहर की पुरानी कोठियों का एक हिस्सा था...छज्जे की तरह ऊपर चिपका हुआ, दरवाज़ों की तरह चारों तरफ़ बड़ी-बड़ी खिड़कियाँ...दर्जनों आलमारियाँ, आदमकद। ज़्यादातर बन्द थीं और तब से उस बड़े कमरे के छोटे-मोटे तहख़ाने का आभास ज़्यादा कराती थीं। ऊपर एक चाँदनी टँगी थी जिससे धूल जहाँ-तहाँ से नीचे बरसती थी। ज़माने पुरानी तानी गई लगती थी वह, रंग उड़ गया था और अपने पुराने रंग को छोड़ अब वह एक नया—अपने ही क़िस्म का—रंग ओढ़ रही थी। इधर-उधर कैलेंडर थे, बेतरतीबी से जहाँ जगह मिली टाँगे गए। उनमें ज़्यादातर देवी-देवताओं के थे... सारा माहौल उस सदी का था, जो बीत चुकी थी।

वह दूध बनाकर ले आई थी, साथ में अनिल को खचोटते हुए

भी लाई—'पी जाओ बेटे, नहीं तो चाचा कहेंगे अनिल ख़राब लड़का है'—अपनी टाँगों के बीच में अनिल को फँसा वह ऐसी दसियों चीज़ें कहकर उसे दूध पिला रही थी। वे सारी बातें उसे कितने स्वाभाविक ढंग से आ रही थीं, न ही वह ज़रा भी सतर्क थी कि यह बैठा हुआ था...शायद बच्चों के आते ही जैसे दूध बहने लगता है वैसे ही ये बातें भी आप-से-आप आ जाती हैं...यह सोच रहा था।

दूध पीकर अनिल खेलने के लिए भागने लगा। 'यहीं खेलना... सड़क पर नहीं...' कहती हुई वह उसे लेकर फिर बाहर चली गई, आँगन से इस बार अनिल के मुँह धुलाने-जैसी आवाज़ आई। हाथ आँचल से पोंछती हुई अन्दर आई और फिर उसी जगह बैठ गई।

कुछ और बच्चे आ गए थे और वे सब आँगन में दौड़मदौड़ मचा रहे थे। थोड़ी देर को उसकी आँखें उनके खेल में उलझी रहीं। बड़ा ही शान्त भाव था इस समय उसके चेहरे पर। वह ख़ुद बचपन में अच्छी-ख़ासी शैतान थी, लड़कों की साइकिलें छीनकर ख़ुद चलाती फिरती, जब नदी नहाने का मौक़ा मिलता तो इधर से उधर पानी में दौड़ती रहती...झाँकरों के नीचे से निकलकर ककड़ियाँ तोड़ लाती। शायद वह सब याद आ रहा हो उसे उस वक़्त उन बच्चों का खेल देखते हुए, या क्या पता, वह सिर्फ़ देख रही हो।

एकाएक उसने नज़रें वापस लीं और इसे अपनी तरफ़ बड़ी तल्लीनता से तकते हुए पाया।

"और सुनाओ...कितने दिनों बाद ख़बर ली...कुछ फिकर भी नहीं थी कि मरी या बची..."

पुराना वक़्त होता तो वह इसे उस तरह तकते देख अपनी नज़रें

उसकी नज़रों से उलझाती, लेकिन तब फ़ुर्सत-ही-फ़ुर्सत थी। उसके ख़याल से अब उन्हें एक-दूसरे को उस तरह लगातार देखने की इच्छा भी नहीं होनी चाहिए। यह साफ़ था कि उसे अब यह कुछ ख़ास अच्छा नहीं लगता था कि कोई उस गहराई से उसे देखे।

"मैं नहीं समझता कि जो तुम कह रही हो वह महसूस करती थी पहले कभी...अभी के बारे में नहीं कहता।"

"मैं सोचती थी कि...पर क्या फ़र्क़ पड़ा—तुम नहीं थे तो भाई साहब मिल गए उन्हें..."

वह सुबकने लगी। उसके होंठों का गिरना-उठना बिलकुल वैसे-का-वैसा ही था। उसके आँसू यों लुढ़कते थे जैसे पत्तों पर बारिश की बूँदें गिर रही हों...अलग-अलग, बड़ी नफासत से। इसका मन हुआ कि पहले ही की तरह उठकर उन बूँदों को उँगलियों में ले ले...

"अब मैं तो ख़ैर बीवी हूँ...बाहर का कोई—तुम्हीं या भाई साहब क्यों सहेंगे? यह तो उनकी महानता थी कि वे अब भी मेरे लिए इतना करते हैं।"

क्षणों पहले का मीठा जायका कड़ुवाहट में बदला जा रहा था... कि इसने जब्त किया ख़ुद को। उसके पति की कतार में ढकेल दिया जाना इसे गवारा नहीं था।

"उन लोगों को पता है कि तुम अब भी उनसे पढ़ने जाती हो।"

"है...पाँच दिन पहले ही कितना झगड़ा हुआ था...इसी जगह... और ईश्वर का विधान कि यहाँ आज तुम हो..."

"..."

"सोचा करती थी कि अचानक कहीं तुम दिख ही जाओ...कितने दिन हुए देखा तक नहीं।"

"मुझे ख़बर भेज सकती थी..."

"लगता, क्यों तंग करूँ तुम्हें...क्या बचा है मेरे पास तुम्हें देने को...एक दिन तो बड़ी बेचैनी से तुम्हारा फ़ोन ढूँढ़ती रही..."

"मम्मी मैं पतंग उड़ाऊँगा," अनिल भागता हुआ आया और उससे लिपट गया।

"हाँ बेटे...उड़ाना।"

"पतंग ला दो न मुझको।"

"अच्छा ला देंगे।"

"अभी चलो न बाज़ार।"

"अभी नहीं बेटा...शाम को चलेंगे।"

"नहीं, अभी चाहिए मुझे, सबके पास है..."

"ज़िद नहीं करते...चाचा क्या सोचेंगे..."

चाचा क्या सोच रहा था...इतने वर्षों बाद की मुलाक़ात में अब जाकर पहली बार उसके क़रीब महसूस कर रहा था। वह अब भी वही थी, सिर्फ़ विक्षिप्ति की रुक-रुककर चलनेवाली मनोदशा ने उसके बाह्य को एकदम क्षत-विक्षत कर दिया था...और वह बीमारी अब अन्दर की तरफ़ बढ़ रही थी, उसके बचे-खुचे मुलायम तत्त्व की भी चीर-फाड़ करने...

"अच्छा चलो नहा लो..."

उसे कहते सुना इसने। अनिल को लिये हुए वह आँगन में फिर निकल गई। उसने घड़ी देखी थी—दो बज रहे थे। एक बार अनिल खेल में उधर गया तो फिर पकड़ में मुश्किल से आएगा...और फिर

नहाने के लिए शाम हो जाएगी...उसे ठंडक लग सकती है...अभी उसे न नहाने की वजह से गर्मी लग रही होगी...बच्चों का ख़ून वैसे ही गर्म होता है...

यह फिर पीछे छूट गया था...सिर्फ़ उस बीते हुए कमरे के साथ साँस लेते रहने के लिए...वह उस बिन्दु पर झटके से उठ गई जहाँ उसे पहली बार पिघलता हुआ देख रहा था। उस पिघलाव और अनिल की ज़रूरतों में खो जाने के दरम्यान फ़ासला एकदम नदारत था कि यह थोड़ा तैयार हो लेता। समुद्र की आती और वापस होती लहर की तरह वे दोनों बातें उलट-पलट होती हुई आई थीं।

आँगन से पानी डाले जाने की आवाज़, अनिल के छप-छप और मचलने की आवाज़ें आने लगी थीं। फिर उसे कपड़े पहनाए जा रहे थे...बच्चे ग़ायब थे। उस पार से कोई भाभी-भाभी करके बात कर रहा था...यह भी चिल्लाकर कुछ शोखी से ही जवाब दे रही थी जैसे इस पार सब कुछ शान्त, सामान्य और पूर्ववत् था। बातें कुछ 'खाना बना लिया...पापड़ भिजवाए थे वे चखे...कैसे थे...मुझे एक स्वेटर की बुनाई डलवानी है आपसे' के इर्द-गिर्द चलीं और फिर ठप्प हो गईं। भाभी के पार तो यह था, उधर की ननद के पार पता नहीं क्या होगा!

वह गोभी का फूल थाली में रखे चाकू के साथ दाख़िल हुई कमरे में।

"अच्छा, क्या खाओगे?"

"मुझे तो भूख बिलकुल नहीं है..."

"मालूम है बड़ी जगह ठहरे हो...उम्दा-उम्दा चीज़ें खाकर आए हो...फिर भी..."

"नहीं, तुम अपने और अनिल के लिए बना लो।"

"यह छोड़ो, अनिल ने तो दूध पी लिया है, बताओ न परांठा-तरकारी या रोटी-तरकारी, सीधा-सादा। परांठे और रोटी में से बता दो...खाना तो पड़ेगा ही।"

"तुम बैठो...सिर्फ़..."

"सिर्फ़ पाँच मिनट लगेंगे।"

वह धड़ाधड़ तरकारी काटे जा रही थी, शायद आँगन से ही कुछ बनाने का तय करके आई थी। इसे तब अपनी तुलना में वह काफ़ी चुस्त दिखाई दी। ऐसा लगा जैसे उन दोनों ने अपने रोल बदल लिये थे...वह इलाहाबाद की अपनी सारी भावुकता इस पर लादकर मुक्त हो गई थी। पहले जितना संयत यह रहता था, अब वह थी और यह उस जैसा बहकने लगा था।

"सुना करता था तुम काफ़ी सुखी हो..."

"किससे?"

"इधर-उधर से, किसी चर्चा में—अच्छा लगता था।"

"सुखी तो थी ही, अब भी हूँ।"

"सुनो, तुम अपनी सास को क्यों नहीं रख लेतीं पास!"

"तब तो हो चुका। वे तो उन हजरत से भी एक हाथ ज़्यादा हैं, माँ जो ठहरीं।"

"लेकिन तुम यह तो बताओ, तुम्हें अब यह पढ़ने की क्या सूझी है...वह भी डिग्रीवाली पढ़ाई। घर पर रहकर भी पढ़ सकती हो..."

"अभी कौन-सा घर के बाहर बैठी हूँ...।"

"तुम टाल रही हो, मुझे बताना नहीं चाहतीं।"

"कुछ हो तो बताऊँ, बस अच्छा लगता है पढ़ना...तुम्हीं

तो शिकायत किया करते थे कि मैं पढ़ने को गम्भीरता से नहीं लेती।"

"तो मेरी वजह से पढ़ रही हो।"

"कुछ भी समझ लो..."

"तो यह शौक़ शादी के इतने दिनों बाद ही क्यों चर्राया?"

"पता नहीं...अरविन्द ऐसा लगने लगा था कि मैं किसी के भी साथ रहने के लायक़ नहीं रह गई हूँ...पर तुम क्यों इन पचड़ों में अपना दिमाग़ ख़राब करते हो..."

फ़ोन की घंटी बज रही थी...वह बात को वहीं दफ़नाकर उठ बैठी। उस कमरे से फ़ोन पर की बातचीत आधी सुनाई देती रही—यूनिवर्सिटी से शायद किसी प्रोफ़ेसर या गाइड या उसी तरह की किसी चीज़ का फ़ोन होगा। एक पेपर लिखने के बाबत बात हो रही थी। यह और भी और पूछती जा रही थी—'किस युग तक कवर करना होगा' से लेकर 'कितने पेज हों' तक...

बहुत ही ख़राब नक्षत्रों में मिला उससे। कल शाम अपनी पुरानी प्रेमिका से मिला था...तो वह जल्दी में थी। रात को डिनर में वह पुरानी दोस्त बन चुकी थी—जिसने अब भाई साहब से शादी कर ली थी और जैसे वह जोड़ा खाने पर आया था! अब घर पर वह माँ, आदर्श मकान मालकिन और जागरूक स्नातिका थी, बीच-बीच में उसके साथ भी निबाह जारी था।

इसे लगा कि जब से आया है इसके पैर उसकी ज़िन्दगी में कहीं से भी जम नहीं पा रहे हैं। वह जिधर से भी टँगने की कोशिश करता था, पैर नहीं ठहरते थे।

फ़ोन ख़त्म करके वह आई और तरकारी उठाकर चली गई—'अभी

तरकारी छौंककर आती हूँ।' इसका दिमाग़ कढ़ाई की तरह चूल्हे पर चढ़ा हुआ था। उसमें उसके यहाँ अकेले रहने की रहस्यात्मकता, शुरू-शुरू में उसके पति के साथ की गईं 'प्लेजर ट्रिप्स' के क़िस्से और तरकारी की छौंक सब उठक-पटक कर रहे थे।

यह बाहर जाना चाहता था, थोड़ी देर को। उस माहौल से थोड़ी देर को कट जाता तो माथे की नसें थोड़ा ढीला पड़तीं...पर नहीं जा सकता था—कैसे छिप-छिपकर तो वह इसे ऊपर लाई थी। उसकी यह आदत शायद बुढ़ापे तक नहीं जाएगी। उसके पास जब भी किसी पारिवारिक परिवेश में मिलने गया, अपनी लुका-छुपी हरकतों से वह इस पर एक ज़बर्दस्ती की हीन भावना लाद देती रही है। इसका कुछ उस दिशा में ख़याल न होते हुए भी, इसे इस तरह हिलना-डुलना पड़ता है जैसे चोर हो...जैसे इसका आना ही उसके चरित्र को लांछित कर जाने के लिए काफ़ी है। क्या उसके पास मिलने-जुलनेवाले आते ही न होंगे? वह अपनी इस तरह की हरकतों से और भी लोगों को कुछ भाँप लेने में मदद करती हैं।

और फिर वह सबको नाराज़ कर अकेले इस शहर में रहती है। उधर से वह थाली ही लेकर आई...गोभी-आलू की सब्ज़ी, पराँठे, थोड़ा-सा सलाद। थाली रखकर चली गई।

"मैं भी खाऊँगा..." कहता हुआ अनिल भी आ गया और एकदम उस थाली से तरकारी उठा-उठाकर खाने लगा। उसकी नाक बह रही थी और वह उँगलियों में नाक और तरकारी एक साथ ही सान रहा था।

"तुम यह खाओ, यह तुम्हारी है..."

इसने तरकारी अलग करके उसे समझाया...पर उसने एक-दो

कौर तो ज़रूर उधर से खाए, फिर इधर-उधर से खाने लगा। यह घिनाने लगा।

वह एक और परांठा लेकर आई।

"अरे तुमने खाना नहीं शुरू किया—अनिल, बुरी बात, चाचा को खाने दो, तुम्हें अभी लाती हूँ...खाओ न...?"

"तुम भी आ जाओ, साथ खाएँगे।"

उसने नहीं सुना था...वह अनिल के लिए थाली लाने दौड़ गई थी। जल्दी ही लौटी।

"यह क्या...खाते क्यों नहीं...अच्छा अनिल ने गन्दा कर दिया। लो तुम यह खाओ..."

और उसने अनिल की थाली इसे पकड़ा दी। बड़ी थाली से अनिल को खिलाने लगी।

"क्या करूँ, लाड़ से बिगड़ गया...बड़ा सहारा है इसका मुझे। यह न होता तो क्या हो गया होता..."

वह झुके-झुके कह रही थी और अनिल को दो-तीन कौर खिला चुकी थी तब तक। यह खाना अब तक नहीं शुरू कर सका था... उसने बीच में रुककर इसकी तरफ़ देखा—वे शुद्ध इलाहाबादी नज़रें थीं जिन्होंने तब इस पर छाकर उन सारे वर्षों को ढाँप दिया एक तरह से।

"अब तो बच्चों के खाने की बारी है, हमारा अधिकार कहाँ है," इसने कहा।

"अनिल देख तो आओ, बाहर कौन आया है।"

अनिल को भेजकर उसने एक कौर बड़ी थाली का ही बनाकर इसकी तरफ़ बढ़ाया। कौर लाती हुई उसकी बाँह इसे पहले-जैसी आकर्षक लगी।

"तुम्हारा अधिकार किसी ने नहीं छीना है, वह वहीं है..."

उसकी उँगलियाँ उतनी ही नरम और कोमल थीं, इसके होंठों को झुलसाने को ताक़त उनमें अब भी थी। यह थोड़ी देर को खो गया। उँगलियों के पार फैली बाँह से चिपटता-चिपटता रह गया।

उसने धीरे से अपना हाथ हटा लिया था। अनिल आ रहा था।

"शाम को खाना यहीं खाना," वह कह रही थी। अभी तो चार बजे मुझे एक जगह पहुँचना है। रात को नौ बजे आना...मैं खाना तैयार रखूँगी...इस बीच मैं अपना पेपर भी तैयार कर लूँगी...कल पढ़ना है...अनिल भी सो जाएगा।

"क्यों परेशान होगी, साथ ही बाहर खा लेते।"

"वाह, घर के रहते बाहर क्यों...? ज़रूर आना, इन्तज़ार न कराते रहना।"

उसने एक और परांठा देने की बेहद ज़िद की—दो के आगे जाने की इसकी एकदम इच्छा नहीं थी। जाने क्यों आज भूख कब की मर चुकी थी पर वह प्यार दिखा रही थी—'यह कोई खाना है, खाओगे-पिओगे नहीं तो कैसे चलेगा,' इसे इलाहाबाद में उसका बाज़ार जाकर खाने की ढेरों चीज़ें ख़रीद लाना याद आ रहा था।

चार के कुछ पहले ही वहाँ से निकल पाया। काफ़ी हल्का लग रहा था। सिरदर्द तो कब का रफू हो चुका था। दोपहर चढ़ते जो रूखापन आँखों पर छा गया था वह भी उड़ गया था। वह परेशानी तो ज़रूर दुगुना-चौगुना देती है लेकिन उसके प्यार का एक कतरा ही इतना सुकून देता है कि सिर्फ़ उसी के लिए ही फिर से वे सारी परेशानियाँ झेली जा सकती हैं, उतने ही झंझावातों से फिर गुज़रा जा सकता है।

वह वही थी। उसको और भाई साहब को लेकर सोची गई बातें ज़्यादती थीं...वे मात्र मेरे ख़ाली दिमाग़ की बुनावटें थीं। उसने रात का समय जानबूझकर रखा था। पिछली शाम की इसकी बात कि इसे छह दिन-रात लगातार बात करने को है उसे कुछ ज़्यादा ही चुभ गई होगी। अभी तक वे सिर्फ़ पूर्वपरिचितों की ही तरह मिल सके थे, सिर्फ़ अपनी-अपनी परेशानियाँ ही दोहराई गई थीं, अपने-अपने रास्ते अलग-अलग। अब उन्हें मिलाकर एक बुनावट में ढालने की बारी थी। कितने ऐसे टुकड़े थे जो इधर-उधर बिखरे पड़े थे जिन्हें वे सिर्फ़ रात के घुप्प अँधेरे में ऊँघते हुए, एक-दूसरे से सटे पड़े हुए जब जैसे याद आते सुन-सुना सकते थे और इसके लिए दिन चाहे कितने ही हों—काफ़ी नहीं बैठते थे...

शाम को इसने खस साबुन ख़रीदा। उसकी ख़ुशबू वह पसन्द करती थी...अक्सर शाम जब उससे मिलने जाना होता था यह खस से नहाकर जाता। रिक्शे पर बैठते ही वह ताड़ जाती—'बेटाजी ने खस लगाया है...' 'तुम्हारे पास जो आना था' यह कहता... वह शोखी से भर जाती थी। नहाने का मौसम नहीं था फिर भी नहाया, नई क़मीज़ डाली और ऊपर से उसका बुना हुआ पतला सफ़ेद स्वेटर। इसने उस स्वेटर को उतना ही सहेजकर रखा था जितनी नफासत से उसने बुना था...सफ़ेद नाइलन ऊन, प्लास्टिक के पैकिट में गोला रखकर और हाथों में पाउडर लगाकर वह बुनती थी...ट्रेन में इसके साथ सफर करने के दौरान बुनती रहती... इसके कुछ साथी जो देखते थे चिढ़ाते भी—'स्वेटर किसके लिए बुना जा रहा है?' उस वक़्त यह ख़ुद को दुनिया का सबसे बड़ा आदमी समझता था। यह उस स्वेटर के ही नाप का बना रहना

चाहता था हमेशा ताकि उसे ताज़िन्दगी पहन सके। उस स्वेटर को देखकर वह फूल जाएगी एकदम, ग़लती की थी पिछली शाम उसकी ख़रीदी हुई टाई भी डालनी थी...पर उस पर उसका ध्यान शायद ही जाता।

रात...सिर्फ़ वे दोनों ही होंगे। उसके लिए यह समय एकदम ख़तरे से ख़ाली था—किराएदार सब अपने-अपने घरों में घुसे होंगे। एक बार अन्दर हो लिया तो फिर किसे पता कौन अन्दर है...अनिल भी सो चुका होगा...वे सिर्फ़ पुराने वे दोनों होंगे और उनके बीच का सारा आलम वही पुराना होगा। खाना खाते-खिलाते ग्यारह तो बज ही जाएगा...उसके बाद...क्या वह आ सकेगा, आने दिया जाएगा... बीच रात के उस गाढ़े सन्नाटे में सिर्फ़ वे दोनों...उस ख़याल से एक कँपकँपी छूट गई—एक बार इसी ने कहा था उससे—'तुमने जो इतने वर्षों में ही मुझे दिया है वह मुझे सब जगहों से तीन जनम में भी नहीं मिल सकता।' वह अब भी प्रस्तुत थी, जितना जो कुछ भी उसके पास था...

होटल से आठ बजे ही निकल दिया...घूमता-घामता पैदल जाएगा, थक गया या रास्ता भूला तो रिक्शा कर लेगा। रास्ते में बाज़ार-ही-बाज़ार था...पहले बड़ी सड़क की सजी-धजी दुकानें, फिर छोटी सड़कों की गसी-गसी दुकानें, उनसे फूटती गलियों की उफनाती भीड़...लगता था उस शहर में बाज़ार-ही-बाज़ार थे और लोगों के पास ख़रीदारी का समय-ही-समय।

अशोक की लाट का चौराहा एक तरफ़ से सिनेमा हाउस और तीन तरफ़ से बाज़ार की नोकों से घिरा हुआ था। उस चौराहे से जिस गली में यह उतरा वह अपेक्षाकृत सुनसान थी...फिर भी

काफ़ी लोग-बाग साइकिलों और रिक्शों पर आ-जा रहे थे। ज़्यादातर बासी-बासी धूल से भरे लोग थे वे और इसे अपने स्वेटर पर धूल की पर्त जम जाने का अन्देशा हो आया।

एक मोटरसाइकिल गली के उस छोर से कुछ धूल उड़ाती चली गई। उसमें तीन थे...एक बच्चा भी था। उसके पुछल्ले को देखते-देखते इसे लगा कि भाई साहब के साथ वह थी...पर शायद इसे भ्रम हुआ था। वह तो अपना पेपर तैयार कर रही होगी, या खाना बनाने में लगी होगी...बड़ा रुच के खाना बना रही होगी आज—ढेर सारी चीज़ें बनाएगी...खीर जो इसे विशेष पसन्द थी, उसने ज़रूर बनाई होगी...अनिल को सुला चुकी होगी...उसका मन इसी में लगा होगा...जाने कैसे उसने पेपर तैयार किया होगा...ऐसी मन:स्थिति में वह तो कभी नहीं पढ़ पाता था, पहले उससे मिलकर भड़ास निकाल लेता, बाद में पढ़ने बैठता था...

यह कुछ भटक गया था। जिस बड़ी इमारत के बारे में उसने बताया था यह था तो वहीं, सिर्फ़ पिछवाड़े-अगवाड़े की वजह से गड़बड़ी हो रही थी। उस इमारत के सामने से चला तो उसी गली पर आ निकला जहाँ से अभी फटफटिया गुज़री थी। पीछे जाना बेकार था...पिछवाड़े से जितने रास्ते फूटते थे यह सब पर बारी-बारी से क़रीब सौ-सौ गज चल चुका था लेकिन उसके घरवाली सड़क के निशान नहीं मिले थे।

यह उसी गली पर खड़ा होकर मिलान बैठाने लगा...थोड़ी देर में समझा कि यह वही गली थी जहाँ दोपहर में वह उतर गई थी—सामने पड़ा खँडहरा...बम्पोलिस...इधर खड़ी बस...सभी कुछ वही था...सिर्फ़ दोपहर को वे दूसरे रास्ते से इस गली में प्रवेश किए थे।

ताज्जुब था कि यहीं दिन को चहलक़दमी कर चुका था और रात को वहीं आकर भूल गया।

आख़िर उसका घर मिल गया। सीढ़ियों का दरवाज़ा आधा खुला था, शायद इसी के लिए। खुलककर यह तेज़ी से ऊपर चढ़ गया—ऊपर के दो दरवाज़ों तक पहुँचा...दोनों में ताले पड़े थे। फिर ग़लत...ऊपर सीढ़ियाँ अभी भी जाती थीं। यह उन पर भी चढ़ गया—पर सीढ़ियाँ जाकर एक दीवार पर ख़त्म हो गईं। वह दीवार अजीब थी...उस पार ज़रूर कुछ था, बाद में मूँद दिया गया होगा। उन दो दरवाज़ों के नीचे मकान थे, पर दरवाज़े अगल-बगल थे। दोपहर का दरवाज़ा सीढ़ियों के ठीक सामने था...ज़रूर वही था जहाँ ताला पड़ा था। इधर का दरवाज़ा उस कमरे का होगा जहाँ वे बैठे थे। वह कहीं गई होगी, आती ही होगी।

यह वापस उसी गली में लौट आया...कहीं और जाता तो रास्ता भूल जाने का डर था। अजीब चक्करदार शहर था...गोल-गोल भी क्रम में होता तो कोई अन्दाज़ से चल सकता था।

बस के पिछवाड़े कुछ गाली-गलौज चल रही थी। छोटी-मोटी झुग्गियाँ ही थीं वहाँ। एक आदमी बस के एकदम पीछे से किसी झोंपड़ी की तरफ़ गालियाँ फेंक रहा था, दूसरी तरफ़ से किसी झोंपड़ी में से आती हुई किसी औरत की आवाज़ें थीं। मर्द वे गालियाँ बक रहा था जो औरतों पर कम ही इस्तेमाल की जाती हैं। कुछ लोग—जो उन्हीं झुग्गियों के लगते थे, चादर लपेटे वहीं एक चौकोर बनाए बैठे थे। आदमी कुछ ज़्यादा ही गरम हुआ और इस बार और भी भद्दी गालियाँ बकता हुआ अन्दर की गली में कुछ दूर तक धँस गया। औरत की चुनौतीवाली चटख आवाज़ साफ़ बाहर आ रही थी। उन दोनों के बीच एक लड़की-सी

कोई चीज़ खड़ी दिखती थी। इधर-उधर कुछ लड़के चिपके हुए थे जो तमाशा देखने के लिए उस गली पर झुक आए थे।

आदमी शायद मारने के लिए अन्दर गया था। बाहर बैठे हुओं ने चादर और लपेट ली और फुसफुसाने लगे। औरत पर वैसी वे फबतियाँ कसी जाते देख उन्हें मज़ा आ रहा था।

यह आगे बढ़ गया..और घूमकर दूसरी तरफ़ से उसके घर की तरफ़ निकला...क़रीब-क़रीब रेंगते हुए ताकि कुछ समय गुज़र जाए। आख़िर उसे भी तो लौटने की जल्दी होगी ही, नौ बजे का समय उसी ने दिया था।

ताले अब भी लटके हुए थे। कहीं उसने बाहर से ताले इसलिए तो नहीं लटका दिए कि कोई आए नहीं...सिर्फ़ यह ही आ सके। इसने हल्के-से किवाड़ों को पीछे ढकेला...एक छोटी-सी आवाज़ भी उसे दी। कुछ नहीं हुआ।

बाहर निकला तो एक महिला उसका नाम लेती मिली, वह कुछ बेताबी से उसके बारे में लोग-बागों से पूछ रही थी। वाक़ई ऐसे कई थे जो उसमें दिलचस्पी रखते थे, उस-जैसी बस्ती में हर कोई हर किसी के काम में कुछ ज़्यादा ही दिलचस्पी लेता था।

यह उस महिला से क़रीब-क़रीब कतराता हुआ गली में वापस लौट आया।

आदमी अब कुछ पिछड़कर बस से क़रीब-क़रीब चिपका हुआ खड़ा था और झुग्गियोंवाली उस गली के मुँह पर एक मरियल-सी औरत बड़ा वज़नी पत्थर उठाए खड़ी थी।

"हाँ, तू दे गालियाँ अब" वह कह रही थी।

आदमी कुछ बड़बड़ाता था—'अरी जा' 'बड़ी आई'...ऐसी चीज़ें

उसमें ज़्यादा थीं पर गालियाँ साफ़ ग़ायब थीं। उधर बैठे हुए लोग कुछ बोलने लगे थे—'चलो हटाओ अब'...'बस करो।' लड़की की छाया औरत के पीछे से टुकुर-टुकुर तकती लग रही थी।

पति-पत्नी का झगड़ा लगता था...तभी बैठे हुए लोग इतने तटस्थ थे। वह लड़की अगर उनकी बेटी थी तो उस पर क्या गुज़रती होगी उस वक़्त। इसके माँ-बाप में भी लड़ाई होती थी—पिता जब माँ को मारते थे तो यह क्या सोचा करता था, याद नहीं आता, पर संसार बड़ा ख़राब लगता था। वैसा कुछ सोचना ही उस उम्र में कितना ख़तरनाक था।

यह भी हो सकता है कि वह बाहरी आदमी था और वे सिर्फ़ माँ-बेटी थीं। उस आदमी ने लड़की पर झपट्टा मारना चाहा होगा और औरत बमक पड़ी...तो फिर इतने सारे लोग जो बैठे थे वे क्या कर रहे थे...यह क्या कर रहा था।

अगली बार फिर ताले मिले।

इस बार सीढ़ियों से उतरने में इसने तेज़ी नहीं लगाई। वह तो थी ही नहीं। कोई पूछेगा तो कोई अनाप-सनाप नाम बता देगा। किसी और को ढूँढ़ रहा था, अन्दाज़ा था वे यहीं-कहीं रहते हैं। ड्रेस और शक्ल से इसे चोर तो नहीं ही समझेगा कोई। घर वही था, ताले उतने निर्दोष नहीं दिखे जितना पहली बार लगे थे...वे काफ़ी मज़बूत थे, काफ़ी देर से और काफ़ी देर तक टँगे रहनेवाले थे...जब तक इसका संकल्प चटक नहीं पड़ता और यह लौटता नहीं। उनके पीछे इससे कन्नी काट जाने की साजिश अपना फन बार-बार उठा रही थी।

यह भी तो हो सकता था कि इस बीच कुछ घट बैठा था—उसकी ननद हस्पताल में ख़त्म हो गई हो और उसे वहाँ भागना पड़ा हो। वह महिला भी शायद उसे इसी सिलसिले में ढूँढ़ रही होगी...कोई बहुत क़रीब का नहीं मरा था, वर्ना वह घर में ही रोती मिलती। शायद उसका पति आ गया था और काफ़ी दिनों बाद मिलने के कारण वे चाट खाने या सिनेमा देखने चले गए थे।

गली की जंग ख़त्म हो चुकी थी। उस जगह पर बमबारी के बाद की चुप्पी छा गई थी। आदमियों का अता-पता नहीं था—झोंपड़ी में दीया जलता दिखता था। तमाशबीन लड़के अब बग़ल के बाँसों के ढेर पर बैठे कुत्तों को देख रहे थे।

इसका मन लौट जाने का हो रहा था—पौने दस हो रहे थे। कितना और इन्तज़ार किया जाए—लेकिन यही था कि अगर वह अब भी मिल जाती तो इन्तज़ार का यह सारा कष्ट दो मिनट में दफ़ा हो जाता। उसे आना ही होता तो जाती क्यों—दस बजे तक फिर भी देख लेता हूँ...

उस गली को छोड़ और छिटपुट सड़कों में भटकता रहा। उधर से बायाँ आया तो एक छोटे-से चौक पर आ निकला। यहाँ भी बाज़ार था और अब भी खुला हुआ था। भीड़ भी अच्छी-ख़ासी थी—लोगों में मुसलमान ज़्यादा दिखते थे। एक सिगरेट लगाई। बस इसके ख़त्म होने तक का इन्तज़ार करेगा। लगातार इतना चलते रहने से इसके पैर बेतहाशा दुख रहे थे अब। कल इतनी गई-गुज़री हालत नहीं थी और कल आख़िर आई तो थी वह। आज उसे नहीं मिलना था तो बुलाया ही क्यों था—यह उसकी दिक़्क़तें समझता था—शाम को...और वह भी उसके घर पर ही। यह उसकी परेशानी नहीं बढ़ाना चाहता था...

दस बजे उधर से फिर गुज़रा। कुछ लोग बाहर सड़क पर थे। यह बड़ी सहजता से अन्दर गया—और बाहर भी आ गया। इस बार तो सिर्फ़ औपचारिकता निबाहने की बात थी, वर्ना जानता था कि वह नहीं ही आई होगी। देर से ही लौटेगी। शायद जिस समय कल आई थी उसी समय आएगी। अब तो यह उन तालों का 'मेक' भी बता सकता था...

बाहर आकर इसने पहला रिक्शा लिया और होटल की तरफ़ चल दिया। अपना सारा हुलिया तब इसे बासा-बासा लगा। शाम के खस और स्वेटर की ताज़गी का नामोनिशान नहीं था। दुकानें और बाज़ार ज़्यादा ताज़े थे। शाम की गर्मागर्मी थम रही थी। पान की दुकानों में बर्फ़ की सिलें सजी हुई थीं। उठती ठंडक अच्छी लगने लगी थी। स्वेटर उतारकर इसने हाथ में ले लिया था।

होटल पहुँचकर इसने काफ़ी बेताबी से गेटकीपर और रिसेप्शनिस्ट दोनों से पूछा...दो-दो बार। कोई नहीं आया था, न ही कोई ख़बर थी।

खाने का वक़्त ख़त्म हो रहा था—खाना तो खा ही ले। अन्दर घुस गया, बाहर बताकर कि कोई आए तो ख़बर करे।

वह आएगी तो। इलाहाबाद में कैसे दौड़ी चली आती थी, बार-बार। कहीं-न-कहीं इसे पकड़ ही लेती थी, कमरे में नहीं तो रिक्शेवाला मेस तक चला जाता था। न हुआ तो यूनिवर्सिटी रोड पर...और अगर इसे पता चला कि सिविल लाइन्स गया है तो वहीं कहीं-न-कहीं ढूँढ़ निकालती थी।

कोई नहीं आया। कौन आता है। क्या फ़ायदा इस तरह भागते रहने से, वह भी किसके पीछे। यह सिर्फ़ अपने ही पीछे-पीछे भागना था, शायद। बीते हुए की लाश को लादे कल का देवता भाग रहा

था, लगातार भाग रहा था...भागने के शाब्दिक अर्थ में भी भाग रहा था, पैरों के जोड़ दुखने लगे थे।

कल सुबह की गाड़ी से निश्चित ही चला जाएगा।

खाना खाकर निकला तो ग्यारह बज रहे थे। एक चक्कर और लगा लिया जाए। इसी रिक्शे में वापस आ जाएगा...बस, जाना-आना। यों भी सीधा अभी जाकर पड़ तो नहीं रहेगा। वह मिले तो सिर्फ़ उसे यह बता दे कि कल सुबह की गाड़ी से जा रहा है।

ऊपर के कमरे की बत्ती जलती मिली। जहाँ वे बैठे थे यह उससे सटा हुआ कमरा था। नीचे सीढ़ियों का दरवाज़ा अन्दर से बन्द कर लिया गया था। सड़क एकदम मर चुकी थी...सड़क पर इसने कुछ ज़ोर-ज़ोर से बातें कीं। वह समझ जाएगी और बाहर छज्जे पर निकलकर ही रुकने को कहेगी। कहीं कोई हरकत नहीं हुई। उसके पति का नाम लेकर इसने एक-दो आवाज़ें भी मारीं... अनिल के खाँसने की आवाज़ उठी...शायद वह सोते-सोते खाँस रहा था। वह पढ़ रही होगी।

इसने एक-दो आवाज़ें और लगाईं...कुछ हुआ नहीं। दरवाज़ा खोलेगी तो इस वक़्त नहीं ही, ऊपर से ही कुछ कह सकती थी।

आख़िरी आवाज़ देकर यह वापस रिक्शे पर चढ़ गया।

एक कुलकुलाहट...जिसने फैलकर एक विशाल पक्षी का आकार धारण कर लिया था, अपने डैनों से फड़ाफड़ इसे मारता हुआ वह फूलता चला गया था भीतर-ही-भीतर और अब तक इसका सारा कुछ उसकी चपेट में आ गया था। अपना स्वयं इसे तब एक भूत की तरह ख़ौफ़नाक लग रहा था...भीड़—ठसाठस भीड़, उन छिटपुट बाज़ारों या कहीं और की भीड़—नथुनों तक बरसती हुई...इसके लिए

बेहद ज़रूरी हो गई थी...भीड़ में लगातार चलते रहना, भागते रहना ही एकमात्र तरीक़ा बचा था।

प्लेटफ़ार्म तक पहुँचते-पहुँचते टें बोलने लगा...इसने देखा भूत अब रो रहा है, लगातार ही रो रहा है...मरा हुआ आदमी भी ऐसे रोता है।

"साब, क्या कोई गमी हो गई है," डिब्बे में एक ने टोका।

"कोई मर जाए तभी गमी होती है क्या...वह तो मरने के पहले ही हो जाती है, मरने पर तो 'कॉमेडी' बनती है।"

मुश्किल यही थी—भूत अगर मर गया होता तो दफ़ना देता... वह सिर्फ़ अधमरा था कमबख़्त!